在华汉学家游记译丛

郭实猎
Charles Gutzlaff 著

王海 林益弘 喻茜 译

郭实猎旅行记

中央编译出版社
Central Compilation & Translation Press

图书在版编目（CIP）数据

郭实猎旅行记／（德）郭实猎著；王海，林益弘，喻茜译. —北京：中央编译出版社，2024.6
ISBN 978-7-5117-4519-4

Ⅰ. ①郭… Ⅱ. ①郭… ②王… ③林… ④喻…
Ⅲ. ①游记-作品集-德国-近代 Ⅳ. ①I516.64

中国国家版本馆 CIP 数据核字（2023）第 230851 号

郭实猎旅行记

责任编辑	郑永杰
责任印制	李 颖
出版发行	中央编译出版社
网 址	www.cctpcm.com
地 址	北京市海淀区北四环西路 69 号（100080）
电 话	（010）55627391（总编室） （010）55627312（编辑室）
	（010）55627320（发行部） （010）55627377（新技术部）
经 销	全国新华书店
印 刷	北京文昌阁彩色印刷有限责任公司
开 本	787 毫米×1092 毫米 1/32
字 数	128 千字
印 张	8.625
版 次	2024 年 6 月第 1 版
印 次	2024 年 6 月第 1 次印刷
定 价	78.00 元

新浪微博: @中央编译出版社 **微 信:** 中央编译出版社(ID: cctphome)
淘宝店铺: 中央编译出版社直销店(http://shop108367160.taobao.com)
（010）55627331

本社常年法律顾问: 北京市吴栾赵阎律师事务所律师 闫军 梁勤
凡有印装质量问题，本社负责调换，电话：（010）55627320

　　在华汉学家游记译丛（《丝绸与绿茶之乡见闻》《伯驾广州行医记》《郭实猎旅行记》）由广东外语外贸大学新闻与传播学院资助出版。

　　该译丛为广东外语外贸大学基地重大项目"在华英文报刊汉学习得文献翻译与研究"（19JDZD04）成果。

出版说明

在华汉学家游记译丛:《伯驾广州行医记》(*The Quarterly Reports of the Ophthalmic Hospital at Canton*),作者[美]伯驾(Peter Parker,1804—1888);《郭实猎旅行记》(*Journal of Three Voyages along the Coast of China, in 1831, 1832, and 1833, with Notices of Siam, Corea, and the Loo-Choo Islands*),作者[德]郭实猎(Charles Gutzlaff,1803—1851);《丝绸与绿茶之乡见闻》(*A Glance at the Interior of China Obtained during a Journey through the Silk and Green Tea Districts*),作者[英]麦都思(Walter Henry Medhurst,1796—1857),作者均为19世纪来华传教士汉学家。译者在将其文本翻译成中文的过程中,发现某些史料引用有误,个别观点欠妥,做了一定删减,尚希明鉴。

中央编译出版社编辑部
2023 年 7 月

目 录

第一次旅行记

一位暹罗居民从中国沿海到达东北的
旅行日记。

第一章

1831 年 5 月。在暹罗居住的 3 年中，我看到当地人的偏见已经消失，感到十分欣慰。我欣喜地看到，大部分居住在暹罗的不同民族的人逐渐变得开化。

当我们初次到达暹罗的时候，当地人对于我们的出现普遍感到恐慌。在巴利文佛经的记载中，人们相信西方的某种宗教将会消灭佛教，取而代之。

随着西方宗教信徒征服缅甸，人们预测西方宗教教义同样会遍布暹罗。人们心目中的这种恐惧感逐渐减退，但是，当耶德逊①先生撰写缅甸文小册子时，类似的担忧突然再次弥漫在曼谷城中。此时，暹罗人显得十分焦虑，他们担心在暹罗与吉打②开展战争之际，英国人会趁机侵占他们的部分领地。当暹罗国王第一次听到英国人表达立场中立之后，他随即宣称："此前我一直持怀疑态度，但现在我确认，基督教义中确实包含着某些真理。"国王的观点对我们非常有利，也使暹罗人民对我们的态度变得友好。最终，我们赢得了暹罗各个阶层人士的好感，无论男女。但我因为生病而无法继续工作，否则我不会愚蠢地选择离开这个国家。我的左半边身体连同头部剧烈疼痛，浑身虚弱无力，食欲不振，不得不卧病在床。尽管我努力恢复身体，但还是能预感到自己正在日益衰竭，加速走向灭亡。

　　暹罗人想法多变，今天他们还在为某个想法殚

---

　　① 亚道尼岚·耶德逊（Adoniram Judson, Jr., 1788—1850），美国公理会派遣到缅甸的传教士，在缅甸传教近40年。——译者注

　　② 吉打，今属马来西亚。1136年吉打苏丹王朝成立，曾先后臣服于马六甲王朝、葡萄牙及英国。1821年遭暹罗入侵，遂成为暹罗领地。——译者注

精竭虑,明天他们就可能完全放弃这个念头。他们对我们的友谊也是不牢靠的。很多人宣称信仰福音,追求永生,但从来不是出于真心实意。尽管暹罗允许各种宗教传播,但佛教是暹罗的国教,这里所有的公共机构都在宣扬佛教教义。无论在理论还是实践层面,佛教都占据着教徒的心灵,这让我们的传教活动变得步履维艰。我们获准在佛教寺院进行传教,许多僧侣在与我们交谈时显得十分忧虑,但总的看来,他们的内心还是对神圣真理保持着抗拒。

从一位暹罗高僧给我的教义来看,佛教属于无神论教派:唯一的希望建立在无尽的轮回中。我们可以轻易地得出结论:这些教义必然对僧侣与俗人的道德观产生影响。因为这些教条往往循循善诱,而且几乎暹罗的每个男人在特定的年龄都会出家来学习这些教义。从国王到卑微的臣民,自给自足是暹罗人的一个显著特点。前者往往自命不凡,认为自己前世的善行为其今生带来了至高的荣誉;而后者坚信,在未来的数千年里,他将通过某种程度的修行而得到相同的荣誉。我很遗憾没有发现一个诚实的人,许多人都有诚实的名声,但仔细观察,他们都没有达到诚实的标准。上层的压迫残酷苛刻,僧侣卑鄙肮脏的行径也随处可见。但暹罗人的道德感还是要优于马来人，他们既不擅长杀戮，也并非顽固不化。他们还没有被完全隔绝在福音传布的范围之外。

宫廷不断地召见我，我无奈只能前去应酬。朱达马尼①是暹罗已故国王的小儿子，王位的合法继承人。他年约23岁，颇有才能，但浑身散发的稚气太重，把才气完全掩盖了。他讲英语，能够模仿欧洲艺术家的著作来写些文章，他同时笃信欧洲的自然科学和基督教。他讨好所有欧洲人并与之交朋友，在侃侃而谈中学到知识。整个国家在重税的压迫下民不聊生，但国民都爱戴他。他的哥哥蒙固②现在是位僧侣，更加受到国民拥戴。如果他们登上王位，整个国家的局势将发生很大改变，或许是突变。贸易部长的儿子聪明绝顶，但是这位年轻人精于算计，在宫廷里肆无忌惮，对外国人也产生了威胁。他蔑

① 朱达马尼王子（Prince Chutamani, 1808—1866），又名 Chow-fa-nooi，为前任国王拉玛二世（Rama II, 1767—1824）嫡次子。分别于拉玛三世和拉玛四世在任期间担任政府要职。——译者注

② 蒙固王子（Prince Mongkut），为拉玛二世嫡长子。1824 年其庶出长兄即位后便一直出家为僧，直到 1851 年即位，即拉玛四世（Rama IV, 1804—1868）。——译者注

视整个国家，却在那些能帮助他获得影响力的人面前卑躬屈膝。国王的堂弟昭宁（Chow-nin）赋有才华，然而他吸食鸦片的恶习毁掉了自己的前程。国王已故兄弟公摩颂吞（Kroma-sun-ton）曾担任王国的大法官，我正是通过这位王室成员将自己的想法传递给国王。受到正式邀请之后，我与他进行了数小时的交谈，主要谈论基督教义，有时也论及英国的国情。尽管他本人放荡不羁，但是他要求我教育他儿子，好像这才是将基督教义传播至王国高层的最好方法。应公摩颂吞之邀，我撰写了一本关于基督教的著作，但是他活着的时候没有阅读这本书，因为他于1831年初就被烧死在宫殿里。前任国王的连襟兄弟公摩坤（Kroma-khun）是一位严厉的老人，他曾请求我给予医疗帮助，而我趁机与他交流宗教话题。他非常赞同基督教义，但从不承认耶稣是一切美德的源泉。由于他左半边身体出现溃烂，他再次召见我并请求我给予医疗帮助，然而他傲慢的儿子对"夷人"的医术嗤之以鼻，宫廷御医也拒不接受我的建议，他很快便死掉了。在经历了这场风波惨案之后，我理应被推荐给国王陛下，因为他本来就对欧洲人抱有好感。他请求我无论如何都不要离开暹罗，但只是授予我官职，让我发挥行医之责。
在暹罗与老挝（或称万象）的战争中担任暹罗军总
司令的博丁德差①（Paya-meh-tap）凯旋，不仅得到
王室的恩典，还在这个被压迫的民族濒临分裂之际
集万千宠爱于一身。他身患重病，召唤我给他医治。
他承诺支付我黄金作为回报，但实际上从未打算兑
现。痊愈之后，他屈尊让我坐在身边，与他谈论各
类重要话题。整个暹罗贵族阶层都痛恨他，因为他
尖酸刻薄、城府极深，并且曾经作为间谍被派往交
趾支那边境。他敦促我向他讲解福音的本质。当他
觉得我言之有理时，便送给我一条鱼干作为我惹下
麻烦的礼物。公摩佐林（Kroma-zorin）王子的母亲，
即已故国王的妻子，曾安排我与她最信赖的一位僧
侣见面。她是这位僧人忠实的信徒。她为佛教僧侣
修建了一座寺庙作为居所，以便为其刚去世的儿子
祈祷。但是她同时认为所有的随从都应当和她一起
聆听一些先前宫廷里反复议论的新教义。博丁德差
的姐姐邀请我为其讲解福音教义。按照她自己的说
法，她认为所谓的基督教义无非就是关于圣母玛利

① 博丁德差（1776—1849），拉玛三世时期重要将领。曾率军
平定昭阿努之乱，指挥暹越战争并介入柬埔寨内战。——译者注

亚的奇妙故事。

我不得不承认，在与上述人物交往的过程中，我一直违背着自己的本意，因为与暹罗贵族建立友谊是一件令人倍感压力并心生厌恶的事情。他们有时在半夜造访我们的宿舍，还经常随心所欲、不分时间地召见我。

暹罗从未如此吸引欧洲慈善家和商人的目光，她如今的地位实至名归。作为亚洲最富饶的国家之一，如果政府运转良好，暹罗可能成为比孟加拉更强大的国家，曼谷也将超越加尔各答。但是暹罗人始终不信任欧洲人，只要不引起争端，他们甚至对欧洲人蛮横相待。暹罗人对于任何烦扰都是逆来顺受，这也造就了他们极度隐忍的性格；因此他们才会屈服于前所未闻的压迫。有些人曾设法从西方国家引进某些能够使暹罗国富民强的实用技艺，如蒸汽机、锯木机、制炮、靛蓝染料制造与咖啡种植技术等。但除了一位法国人之外，其他所有供应商的报价都遭到了拒绝，于是他们不得不尴尬地离开暹罗，只留下了一台刚开始建造的炮管膛削机。

大多数暹罗人对欧洲人的普遍认知都来自个别基督教徒。他们出生于暹罗并继承了葡萄牙人的部分传统，因此他们的行为方式别具一格。他们匍匐在暹罗贵族的面前任其使唤，有时需要从军，或担任外科医生等职位。所有对他们的指责最终都得到了应验。在他们身上找不到勤俭、天赋和诚实等优良品质，只有一个人确实只能称得上诚实。这帮"另类"基督徒歪曲了暹罗人对于欧洲人的认知，直到英缅战争①时期，英国人还遭到暹罗人的羞辱。当第一位英国特使抵达暹罗时，他遭到蔑视，因为暹罗人对于英国的势力范围还一无所知。当英军攻占仰光时，暹罗国王毫不相信，直到他派遣心腹前去核查后他才确信仰光已经沦陷。一时间，王室内部质疑声一片，没人相信不可一世的缅甸军队竟然会被英国人打败。暹罗人不情愿地接受了英国胜利的消息。如果英军没有征服其宿敌缅甸并占领其领土的话，缅甸人随时都可以调转矛头和枪炮而与其开战。但是，暹罗政府乐于见到缅甸派遣的密使。密使入境的唯一目的就是基于两国共同的宗教和习俗

———————————

① 英缅战争（Anglo-Burmese Wars）指的是英国与缅甸两国于 19 世纪发生的战争。此战争共发生三次，分别于 1823—1826 年、1852 年及 1885 年，皆以缅甸战败而告终。这里指第一次英缅战争，共持续 3 年。——译者注

请求暹罗国王不要帮助英国人，否则两国就会断交。暹罗人曾天真地以为自己比任何民族——除了中国和缅甸——都要优越，但如今这种幻想已经破灭。他们越是害怕英国人，越会对境内的英国居民以礼相待。随着暹罗人越来越认可英国人的才能，他们之间的友谊才会逐渐深厚，暹罗人便开始模仿英国人的习俗，学习他们的语言。朱达马尼王子一直渴望效仿外国人。他建造了一艘小型轮船，打算资金到位就建造一艘更大的。英国人和美国人已经摆脱了暹罗人的成见。

暹罗本地的中国人大多来自广东省最东部的潮州府，他们大都是农民。还有一支广东部族被称作客家人，主要从事手工业。福建同安地区的移民很少，大多是水手或者商人。海南的移民主要是小贩和渔夫，他们可能是最贫穷但最快乐的阶层了。潮州人的语言习俗遍布于整个暹罗。他们安贫乐道，非常渴望融入当地。有时遇到两个种族联姻，潮州人甚至脱掉自己的衣服，在着装上彻底变成暹罗人。中国人对待宗教的态度显得敷衍冷漠，这一点与暹罗人并无本质上的区别，因此中国人可以很轻易地全盘接受暹罗人的宗教仪式。假如他们有了孩子，他们经常会剪掉辫子，担任一段时间的暹罗僧人。经过两三代的繁衍传承，他们身上的中国特点会消失，并暹罗化。这些人通常忽视本民族的文学而融入暹罗的文学传统。除了三合会①成员以外，每个中国移民都默默遵从统治者的命令，无论其要求有多么苛刻。

几年前，三合会曾密谋在湄南河口附近的春武里②劫持一些当地船只，借此报复压迫他们的统治者。但由于缺乏食物补给，他们被赶进大海。在一支暹罗军队的追赶下，他们被迫逃亡，直到遭遇逆风、生活必需品耗尽，他们不得已只好投降。叛军头领逃到交趾支那，其部下大多被屠杀，或判处终身监禁。

勃固人在暹罗的农业人口中占多数，他们自称孟族人。这个民族以前由自己的国王统治，曾先后向缅甸和暹罗发动战争并取得了阶段性胜利。但最终还是相继被缅甸和暹罗军队征服，勃固人因此成

---

① 三合会，清代民间秘密结社组织，一说出自潮州帮会。——译者注

② 春武里，旧称"万佛岁"，泰国东部沿海城市，春武里府首府。——译者注

为这两个国家的奴隶。勃固人是一个强壮的民族，他们吃苦耐劳，讲话开诚布公并且与人为善。暹罗国王建造的新宫殿主要归功于他们，那是他们对"白象之主"表达敬意的象征。他们的宗教与暹罗人相同。在衣着方面，男性遵从主人；而女性则任其头发生长，着装与暹罗妇女不同。

暹罗人有贩卖缅甸人为奴的习惯。虽然英国人最近的干预取得一些效果，但他们仍然热衷于这种邪恶的人口走私活动。现在有数千名缅甸人过着被奴役的生活，被迫从事这个国家最底层的工作。他们被百般羞辱，遭受各种非人的对待，几乎得不到任何生活必需品。

除了马来人之外，也许没有哪个民族能在暹罗的统治下受益。这些马来人主要是奴隶或者佃户，在大片土地上精心耕作。他们和暹罗国内的所有民族一样，普遍丧失了其民族特性，遵从暹罗的习俗，辛勤劳作获取微薄的收入。除少数哈吉①外，他们没有神职人员；但这些所谓的神职人员能够肆无忌惮

_____

① 哈吉，阿拉伯语"朝觐者"的音译，专用以尊称前往伊斯兰教圣地麦加朝觐并按教法规定履行了朝觐功课的穆斯林。——译者注

地左右信徒的思想，他们知道如何在不损害其神职身份的前提下为自己大肆敛财。这些哈吉还教授《古兰经》，其中很多人都是学者。

还有一些摩尔人也定居在暹罗，他们大多出生在乡下，被暹罗人习惯性称作"Kah"，即陌生人。他们的首领及其儿子拉希提（Rasitty）享有暹罗国王的最高礼遇。首领是摩尔人的话语媒介，下等人通过首领向王室传达他们的想法。因为他们认为，像暹罗国王这样高高在上的君主，讲着与臣民相同的语言，是有失尊严的。因此，上述摩尔人的工作就是将极其简单的表达捏造成毫无意义的夸夸其谈，这样一来伟大统治者的讲话就能够与对佛祖的赞美相提并论。然而，作为摩尔人的言论媒介，首领可以根据自己的利益需求来发表言论，而且他也从没忘记充分利用这一特权。因此，没有人像他那样遭受贵族的憎恨和惧怕，也没有人像他那样对王室的决议有如此强大的支配权。由于他反对与欧洲人广泛开展贸易，他便利用一切机会限制对欧贸易，并推动暹罗与摩尔人的商贸往来。

作为传教士兼医生，我接触过老挝人，这是个几乎不为欧洲人所知的民族。我学会了他们的语言，这种语言与暹罗语非常相似，但他们日常使用的书写文字和圣书文字与暹罗语不同。这个民族占据半岛东部的大部分地区，与暹罗北境接壤，一边是柬埔寨和交趾支那，另一边是缅甸，向北延伸到中国边境和越南的东京①地区。老挝分为白老挝（Lau-pung-kau）和黑老挝（Lau-pung-dam），可能是按照肤色来划分的。这些人主要居住在山区，以耕田和打猎为生；他们的政府由许多小国王领导，国家统治依赖于暹罗、缅甸、交趾支那和中国。虽然他们的国家盛产诸多贵重物品，拥有大规模的黄金矿藏，但人民的生活依旧贫困。除了那些受中国管辖的人之外，大多数人过得比暹罗人还要悲惨。他们有自己的民族文学，但不急于进行研究，这些文学作品也没能成为民众获取知识的源泉。他们最好的书籍是叙述日常生活事务的散文集，或者关于巨人和仙女的故事。僧人几乎完全读不懂巴利文的宗教书籍。虽然他们的国家被认为是这片地区佛教的发源地，因为在其辖区可以看到显然属于佛教的第一位传教

---

① 东京（Tonquin），越南人称之为北圻，即今天的越南北部。——译者注

士乔达摩·悉达多（Samo Nakodum）① 即释迦牟尼留下的大部分遗迹。但是，那些拜佛的寺庙决不能与暹罗的庙宇相提并论，老挝人也不像其邻国那样迷信。他们的语言柔和优美，足以表达他们的思想。

音乐和舞蹈是老挝人的主要娱乐活动。他们的风琴以独特的方式用芦苇制成，是亚洲最悦耳的乐器之一。在欧洲大师的手中，它将成为现存最完美的乐器之一。每位贵族都拥有一支男孩舞蹈队，他们伴随着音乐扭动和旋转，以取悦主人。

老挝南部地区与暹罗贸易频繁，当地人的货船狭长，上面铺着一层草。他们在这里出口象牙、黄金、虎皮、芳香剂等本土产品，进口欧洲和印度的制造品，以及一些暹罗的工业品。1827 年，这场贸易引发了两国之间的战争。暹罗人用尽手段打压一支老挝部族，其首领名为昭阿努②。这位国王曾经与暹罗已故国王交情甚好，在他最后一次拜访暹罗国王时，暹罗国王曾派人用镀金的船和轿子迎接他。当他发现暹罗

① Samo Nakodum 指代佛教创始人乔达摩·悉达多（Siddhārtha Gautama），又称"乔达摩佛（Gautama Buddha）"，kodum 即 Gautama 的对音，Samo 和 Na 均为佛教尊称。——译者注

② 昭阿努（1767—1828），老挝万象国最后一任国王。——译者注

总督在边境征收苛捐杂税对其臣民的贸易和自己的收入造成损害后，他多次向曼谷法院提起申诉；败诉之后，昭阿努亲自联系总督本人，但他的抱怨没有得到任何重视。最后，他诉诸武力来惩罚总督，但并未打算与暹罗国王开战，因为他对此毫无准备。然而，老挝国王挑起的事端在暹罗人中引起了大面积的恐慌，他们很快联合起来进行反击，并一举获得成功。

被所有的臣民抛弃后，昭阿努带着家眷逃到了邻近的老挝部族首领那里。同时，交趾支那派出一名特使，代表他与暹罗的司令官交涉。这位特使及其百余名随从全部被暹罗人杀害，只有一名伤员逃回并讲述了这起悲剧。交趾支那对这种违反国际法的行为感到愤怒，但又觉得自己太过弱小，无法以暴制暴，于是派大使到曼谷，要求交出凶手。同时宣布交趾支那是老挝人民的"母亲"，而暹罗被赐予"父亲"的称号。在当时的情况下，没有什么比这封致暹罗国王的信更有说服力了，但暹罗国王拒绝对这封信和其他公函做出任何明确的答复。他派遣一名狡猾的政治家前往顺化①，不料被禁止入境并被告

---

① 顺化，交趾支那在阮朝时期的都城，位于越南中部。——译者注

知暹罗和交趾支那两国从此断绝交往。暹罗国王从这份直截了当的答复中感受到了威胁，随即命令王公贵族和中国臣民按照洛坤府（Ligore）① 总督的模式建造约 100 艘战船。

但是，就在建造这些战船——或称之为游船更合适——的时候，昭阿努全家被出卖，落入暹罗人之手。这位老人被关在笼子里，身上套着各类刑具。暹罗人的酷刑将他折磨得奄奄一息，最终惨死；他的儿子，即王位继承人，却逃了出来。王子异常侥幸地逃了一路，最终还是被发现。他本应立即被处死，但他爬上一座佛塔的屋顶，直到无处可逃，他纵身一跃，摔死在一块岩石上。这支被称作黑老挝的部族王室就此灭亡；整个国家一片狼藉，近十万难民散落于暹罗的各个地方。尽管顺化当局提出抗议，但整个领土已经被暹罗人直接控制，他们迫不及待地迁移其他族群到这里定居。那些从一开始就屈服于暹罗人的老挝贵族被关押在高大的黎明寺佛塔②中，

① 洛坤府，全称"那空是贪玛叻府"（Nakhon Si Thammarat），位于泰国南部，马来半岛东岸，是泰国南部人口最多的府，古代著名海港。——译者注

② 黎明寺，又称郑王庙，寺内标志性的佛塔建造于 19 世纪早期。——译者注

这是博丁德差的父亲建造的寺庙，位于曼谷城附近的湄南河畔。我曾去那里拜访了他们，发现他们意志消沉，但在交谈中依然很坦诚，而且彬彬有礼。他们希望被遣送回国，因为他们相信暹罗国王以慈悲为怀，他们没有犯罪，应该得到宽恕。

老挝的文明程度普遍较低，而在那些与世隔绝的山区，有些部落甚至更加落后。其中一支名为卡氏（Kahs）的部族就过着与世无争的生活。老挝人模仿暹罗人，经常偷盗这个部落的人口，将他们带到曼谷贩卖。因此，我得以与一些卡氏族人交谈。他们告诉我，他们的同胞在山上和平地生活，无欲无求，自给自足；他们没有宗教，没有法律，社会状态与那些被放养的大象不相上下。

几年前，一些老挝人被其首领和中国边境的官员遣送回国。他们讲话与其他部落无异，但似乎属于上层阶级。老挝通过驻华大使定期向中国朝贡，在与中国人的交往中，他们的生活得到了很大的改善。

在暹罗居住的各民族中，还包括高棉人，即柬埔寨原住民。柬埔寨位于暹罗东南部，它的历史比周围任何国家都要悠久。柬埔寨的名字出现在《罗摩衍那》和其他古老的印度诗歌中。在关于这个国家的最早记载中，提到印度斯坦①是佛教的摇篮。柬埔寨人的语言与暹罗人有本质上的区别，他们的语言更加丰富。他们的文学作品种类多样，书面文字被称作高棉语，暹罗人只在书写其神圣的巴利文佛经时使用这种文字。除了法律和历史类著作之外，柬埔寨几乎所有的书籍都是诗歌。他们通常讨论琐碎的主题，有很多重复的内容。我读过一部几百年前写的地理著作，比中国的同类作品更加准确。

柬埔寨长期以来一直由自己的国王统治。最近，由于王室内部不团结，两个兄弟拿起武器互相对抗。交趾支那和暹罗均从这场冲突中获益，并利用柬埔寨王室两兄弟的嫌隙来分裂这个国家，一位王子逃到了交趾支那，另外三人逃到了暹罗。我与逃到暹罗的两位王子相识，第三位王子已经死了。他们满怀希望，认为祖国终将在他们手中实现光复，因为他们仍未放弃。年轻的一位王子天赋异禀，并且追求上进，但他过于幼稚，不会把握机会。柬埔寨人

---

① 印度斯坦，印度的别称，亦指印度主体民族，《罗摩衍那》等印度史诗即为该民族创造。——译者注

受环境所限，养成因循守旧的民族性格，但他们对于信仰持开放态度，并且能够不断进步。柬埔寨男性大多身形健硕。他们和邻国人一样，生活环境恶劣。除了丝织品以外，他们几乎不从事任何贸易。但在制作丝织品的过程中，蚕虫会因此丧生，这违背了佛教的戒律。

柬埔寨的水源来自湄南河。湄南河是条大河，发源于西藏。与暹罗南部一样，这里地势低洼，土地肥沃，非常宜居。他们主要的商业中心被当地人称作 Luknooi，即欧洲人所谓的西贡（Saigon）。那里有许多中国人定居，而且在交趾支那的管辖下与新加坡和中国北方港口进行着频繁的贸易（主要是槟榔和丝绸）。柬埔寨首都被远古城墙环绕，这里农耕发达，有很大的发展潜力。只是民众仅仅满足于一点儿大米和鱼干，并不急于通过工业来改善自己的生活状况。

迄今为止，柬埔寨一直是暹罗和交趾支那之间爆发冲突的导火索，这两个国家都迫切地想要吞并对方，甚至就在 1818 年，交趾支那出兵保卫柬埔寨海岸，抵抗暹罗人的袭击，但就在交趾支那军队在西贡集结准备出海之际，柬埔寨人急于恢复自由，驱逐了交趾支那人。

交趾支那又称安南，在上次革命中收复了东京地区，一直对暹罗心怀不满。此前，这个国家因内战而四分五裂；后来，一位法国主教①将这个王国组织起来，使其在阮福映②的统治下扩张势力，最终国力大增，一度远超暹罗。如今法国的影响力不再，整个国家又恢复了以前的软弱，交趾支那仍然对暹罗持有嫉妒之心。暹罗人意识到自己的劣势，有一次烧毁了交趾支那建造战船的木材，这些战船本应在交趾支那的港口建造；他们还成功地绑架了安南的一些臣民：这些俘虏大多定居在曼谷，都是精明强干的商人。如果交趾人没有因为政府压榨而性格扭曲，他们在各国中的地位会更高。虽然他们不爱干净、生性懒惰，但他们富有活力、聪明好学且性格温和。然而，这种懒惰是由政府暴政造成的，因为人们大部分时间不得不为政府工作。交趾人非常重视熟悉中国文学的人。他们的书面语和口语存在很大差异；后者很像柬埔寨语，而前者类似于海南

———————

① 百多禄，法国天主教传教士，阿德兰区主教，曾扶持越南阮朝开国皇帝阮福映统一越南全境。——译者注

② 阮福映，越南阮朝开国皇帝。——译者注

岛的方言。

葡萄牙人于 1622 年首次来到暹罗，随即开始宣传自己的信条。此后不久，法国传教士从陆路来到这里。法国人对于华尔康①的援助寄予很高的期望，法国大使一到暹罗，法国的影响力就占据上风，能工巧匠的数量逐渐增多。有两位大使甚至剃了光头，以学习巴利文为由顺应暹罗僧侣的习俗。但是，当华尔康背叛暹罗东窗事发，他本人被杀，法国人遭到驱逐，传教士的影响力也消失了。他们劝导皈依的人数不增反降，那两个出家为僧的法国人也再无音讯。虽然法国传教士至今仍在这里驻扎传教，但有时他们会被逼到艰难的境地。

令人惊讶的是，在罗马教派人进入的所有其他国家，皈依者都很多，而在暹罗从来只有少数皈依者。目前，只有少数人皈依上帝，他们主要是葡萄牙人后裔，讲柬埔寨语和暹罗语；他们在曼谷有四个教堂，一个在尖竹汶②；最近，在古都阿

---

① 康斯坦丁·华尔康（Constantine Phaulkon，1647—1688），希腊翻译官，后取得暹罗王室信任，掌管暹罗财政、外交大权，后于 1688 年暹罗革命中遭受诬陷，被逮捕处决。——译者注

② 尖竹汶，又称庄他武里，泰国东南部城市，今庄他武里府首府。——译者注

瑜陀耶[①]也建了个小教堂。然而，如果仅有几个人皈依，那么这一切就没有任何意义了。

暹罗这般物产丰富的国家拥有巨大的商业市场。每年二月、三月以及四月初，暹罗的糖、苏木、海参、燕窝、鲨鱼鳍、藤黄、靛蓝染料、棉花、象牙等物品吸引大量中国商人乘船前来，他们大多来自海南、广州、三饶[②]（位于潮州府）、厦门、宁波和上海等地。暹罗人进口的物品主要包括中国人的日常消费品以及大块黄金。他们根据不同的目的地出口不同的货物，往往在五月底、六月和七月离开暹罗。商船数量达80余艘。开往黄海的船只大多运载的都是糖、苏木和槟榔。这些船被称作"白头船"，重达290—300吨，通常由广东省东部的潮州人在暹罗建造完成。这些船只主要归定居曼谷的中国人或暹罗贵族所有。前者会让自己的亲戚做押运员，一般是他们的年轻女婿；后者会先选定一位押运官，然后安排其亲戚在船上任职。一旦船只出现任何事

---

① 阿瑜陀耶，泰国阿瑜陀耶王朝故都，宫殿遗迹位于曼谷以北的平原上。——译者注

② 下文提到"Soakah（Shan-keo）"为饶平河口处的一座小港口，系原书编辑推测有误。据译者考证，"Soakah"指"三饶"，即清代"饶平县"别称。——译者注

故，则由押运人负全责，他们往往会被投进监狱。尽管与印度群岛的贸易没那么重要，但仍有三四十艘船被派往暹罗。

中国船上通常有一名船长，称之为押运员更合适。不论他是不是船主，他都会全权负责货物安全，必要的时候还负责货物的买卖，但他不能指挥船只的航行，因为这是大副的工作。在整个航行中，大副的任务是不分昼夜地观察海岸、海角。他通常稳坐在船的一侧，站着睡觉，这样方便他的工作。尽管大副可以管理所有船员，其权力却是有名无实的。只有大副的指令符合自己的意愿，船员才会服从，他们一点儿也不怕大副，有时候还会斥责他，仿佛大副和他们一样是普通船员。接下来是舵手，其职责是驾驭船的航行，手下直接管着好几名船员。此外，还有两名文书，一人负责记账，一人指挥货物的摆放。一名买办负责采购补给。还有一名僧人，负责供奉神灵和上香，每天早上都点几炷香，烧一些金银纸。水手分两等，少部分人叫作"头目"，负责抛锚扬帆，其余的被称作"伙计"，负责拉绳、起锚等琐事。船上剩余的就是几名厨师和理发师了。

除了二等水手，其他船员都有自己的房间，与其称之为房间，不如说是一些狭长的洞，只够躺着伸展四肢，无法容纳一个人站立。如果有人想作为乘客上船，必须向头目申请，租用一个船员的房间。事实上，水手基本掌控着整艘船，他们反对任何损害自己利益的行为。所以，船长和大副有时也要忍受水手的张狂无理，请求他们帮忙，让他们态度好些。

对船员来说，出海的首要目标就是做买卖，船上的工作只是他们的第二职业。所有人都是股东，都有权在甲板上放置一定量的货物；只要货物出手，无论船只到达目的地的哪个港口、何时到达，他们都不太在意了。

普通水手只能从船长那里领取晒干的大米，其他的食物自给自足，但食物通常都很匮乏。这些人大多都没接受过专业训练，只是些背井离乡的可怜人，出海前他们基本从未上过船。船上秩序混乱，没有一处干净，船员之间缺乏相互信任与尊重。

商船的航行完全依靠指南针，没有航海图或其他任何帮助，因此只得沿岸航行。大副指挥航行方向的唯一技巧就是凭借肉眼观察海角。遇到危险时，船员就立即失掉勇气，变得犹豫不决，最终给整艘船带来灾难。

　　船上会祭拜神灵，祭拜的仪式有着严格的规矩。海神是妈祖，也叫天后，或"天后娘娘"。据传她是几百年前居住在福州附近的一位女子。她的坚毅与勇敢帮她奇迹般地从海中救起自己的兄弟，之后她逐渐被神化并拥有许多名号，就像圣母玛利亚一样。每艘船上都供奉着妈祖的神像并在前面放置一盏长明灯。妈祖的神像是一位微胖的女性，总是以坐姿示人，她的面前会摆放几个茶杯，神龛用金箔装饰，周围站着几个守护神。

　　每当船只要启航时，人们就会成群结队把妈祖神像送到庙中，摆上许多贡品。僧人念诵一段经文，水手跪拜几次，船长着盛装以示对妈祖的尊敬。随后人们急切地抢食贡品（神灵自然不吃人间食物）。然后，人们把神像抬到舞台中央，听艺人唱曲，欣赏演员活灵活现的表演。接下来伴着音乐把神像抬回船上。

　　照管神像的任务就交给了僧人，他从不敢不洗脸就出现在神灵面前。每天早上，僧人在香炉里插上几炷香，然后到整艘船的各个地方重复他的仪式，连厨房都不例外。每当船靠近海角或刮起逆风时，僧人就要祭拜山灵或风神。在这种情况下（唯有此等情况），船上才会杀猪和鸡鸭。贡品准备好后，僧人再供上些好酒、水果，烧点金纸，跪拜几次，冲着水手大喊"追随妈祖的神灵"。当船只驶出河流时，船员从船舵附近把香纸贡品扔下去。但是，放置指南针的地方贡品最多，上面系着红布（船舵和缆绳上也系有红布）。船员点上许多炷香，在香前烧掉用金箔叠成的船。指南针旁边还摆放着一些烟草、一根管子和一盏亮灯，这些是属于船员的共有财产，他们都会过来享用。在风平浪静的日子里，水手们会把大量金箔船放入水中。如果接下来没有起风，人们就认为神灵并不满意，必须再次祈求风神。如果所有的努力都没用，就停止祭拜，水手就只能默默地等待。

这些就是中国人供奉神灵的规矩，每次航行前都必定祭拜神灵，顺利归来后也要对海上的保护神表示感谢。

中国人十分熟悉自己国家的整条海岸线。他们仅仅沿岸航行，从很远的距离就能发现海角和岛屿，很少出差错。他们通常随身携带一本小册子，里面记载着数百年来积累的经验，非常准确地指明浅滩、港口的入口和岛礁的方位。他们不使用航位推算法，也不观察海面动静，而是根据经过的海角来判断距离。他们的指南针同欧洲的指南针有本质上的区别。他们的指南针上有几个同心圆，第一个被分成四部分，第二个被分成八部分，这点类似我们的指南针。第三个圆分成二十四部分，对应十二个时辰，上面标记着同样数量的文字或标识。根据这种划分方式与标识，他们在指南册上标记航线，并据此驾船掌舵。

几个世纪以来，中国都给予天主教徒很大的活动范围。后来，耶稣会士就没有他们的前辈那么杰出了，他们的影响力也逐渐减弱。尽管其宗教教义被禁止传播，一些传教士总能找到进入中国的方法。目前，他们主要是通过福建进入。在康熙时期，如果他们展现出欧洲人的真正品性，并强调中国与西方国家开放交往的种种好处，他们一定会顺利打破大清帝国与西方国家之间的隔阂，不至于让这个壁垒至今还在阻碍中国的进步。耶稣会士对此拒不承认，他们唯一渴望的是确保天主教信徒与中国的贸易往来，以及葡萄牙人对澳门的占有。他们成功做到了后一件事，但在前一件事上，他们的所有努力都遭到了更具创新精神的新教民族的挫败。他们自身狭隘的政策体系不仅将自己从曾经占有的地区排除在外，还激起了中国政府对每个外地人的反感。

不受束缚的贸易关系能为双方带来共赢；作为同一个星球的居民，外国人和中国人拥有对于友好交往和自由沟通的共同诉求。中外交往的道路上会有很大的障碍，这些障碍迄今为止仍在阻挡着我们实现目标。但不管怎样，准备工作已经在稳步推进。例如，新教传教团中的一位传教士编撰《华英辞典》，将《圣经》翻译成汉语，出版发行各类主题的宣教册。我们创办了英华书院，以及许多教会学校，其他活动也已经陆续展开。这些都是为实现一个共同目标所付出的努力。

大多数传教士的活动范围都只局限于广东、福建两省。他们每年都会走访印度洋群岛的港口，其中许多人便成了永久国外居民。当船只抵达印度洋群岛诸港口时，我们经常向他们提供书籍。这些书籍大多流入中华帝国的各大商业中心。中国南部没有一个地方像暹罗那样容纳那么多的中国商船，因此暹罗成为分发基督教和科学书籍最重要的一站。而且一位住在暹罗的传教士可以接触到来自中国不同省份的访客，他能受到中国人的喜爱，因此就能毫不费力地获得进入中国的机会。

所有这些优势很早以前就使汤雅各先生和我本人坚定了信心，我们尝试通过这种不引人注目的方式进入中国。但是，病魔夺走了我身边一位重要助手的生命。本来由于环境特殊，我打算延长待在暹罗的时间，但这位挚爱伙伴的离世和一场严重的疾病迫使我不得不提前踏上旅途。此前经常有人邀请我乘船旅行，但是我第一次申请担任船长却遭到了拒绝，这艘船预定开往首都附近的商业中心天津。后来，这艘船与我们一起离开暹罗，我们再没有听说过它的消息，其他人经常能回想起金船长当时拒绝我们的情景。出乎意料的是，暹罗大使今年必须赴京述职，他答应我以其私人医生的身份带我前往北京。他提出这个方案的理由非常充分，因为他的几位前任都是由于缺乏医疗救护而去世的。我为拥有这次直接进京的机会而欢呼雀跃。但是，我很失望，一位绅士希望我留在暹罗，在他的干预下，暹罗大使没有兑现他的承诺。

第二章

　　在这段充满不确定性的日子里，我的病痛不断加重，身体逐渐不堪重负。这时，与我有过商业往来的一位中国朋友突然到访，这让我很意外。他是广东省东部人，表示很想带我前往中国。他费尽口舌劝我登船，但我由于病痛缠身，实在是进退两难。但林荣（Lin-jung，此人的名字）还是成功说服了我，因为他给出的理由无懈可击。我与辛顺船长（Captain Sin-shun）达成一致，搭乘他的"顺利号"（Shunle）前往天津。这艘船载重约为250吨，建造于暹罗，但持有广州口岸的许可证。船上载有苏木、蔗糖、胡椒粉、皮革、印花粗棉布等，大约有50名水手。

我们定于 6 月 3 日启航。亨特先生①、道森船长（Capt. Dawson）和迈克·达尔纳克（Mr. Mac Dalnac）先生好心送我登船。在这些人中，我对于亨特先生一直心怀愧疚，因为他长期以来竭尽所能，大力支持我的事业，想尽一切办法推动暹罗文明的发展。我登上船，被带到了位于统舱的隔间。这是一个洞型的铺位，只够一个人躺下并容纳一个小箱子。我有 6 位旅伴。一个是 60 岁的船长，在这次航行中被迫成为乘客。因为他自己的船遭受海浪袭击出现漏缝，停泊在湄南河。他就是我所说的敌人：一个抽鸦片的瘾君子，每天能吸食约 1 元的烟土，并且具有各种恶习，完全听不进去同乡的劝导。同时，他非常熟悉欧洲人的优势，也明白欧洲各种技艺的价值。他的儿子在商贸方面受过良好的训练，渴望获得大量财富。前面提到的那位与我有过商业往来的中国朋友，他的隔间在我的后面。他经常犯下一些违背自然的罪行。他的贸易伙伴都很富有，自给自足，沉溺酒色却又很讲礼貌。而在恶毒与欺诈方

① 罗伯特·亨特（Robert Hunter），苏格兰商人，1824 年至 1844 年间定居暹罗，代表暹罗王室从事对外贸易。——译者注

面，没有人比得上我的另一个旅伴付船长（Captain Fo）。他之前曾指挥一艘载有贡品的暹罗船只前往中国，在威岛①海岸遭遇了海难。他弃船离开那个岛屿后返回了曼谷。他精通多门手艺，尤其是绘画和机械修理。他最终获得了巨额财富，因此今年能够带着几百担的货物搭上这艘船前往中国，在那里他还有两个妻子。他沉迷鸦片，喜欢说谎，却总是声称是我最好的朋友。

我们的辛顺船长是个友善之人，精通中国航海技术，遗憾的是，他也长期吸食鸦片。他的弟弟是我的朋友，看起来很诚实，却经常惹各种麻烦。船长的连襟兄弟是一名文书，从我登船开始，就一直称自己是我的弟弟。他对于福音教义有点儿兴趣，没有任何宗教信仰。大副自称是我的堂兄弟，说他和我属于同一个宗族。他略通航海术，但驾船从未失手。他性格温和，逆来顺受，经常遭到水手的戏谑。除此以外，他还吸食鸦片，而且是个老烟民。他的助手好争论，但对于驾船是最上心的。与几乎所有大副一样，他也抽鸦片，闻到鸦片的香气，就

① 威岛（Koh Poulo Wai），距柬埔寨海岸50多海里的一座小岛。——译者注

经常不知不觉地在自己岗位上睡着。船上所有的重要管理人员都自愿加入这场极乐盛宴，因此他们需要轮流值班，有时甚至同时擅离职守。

毫无疑问，我是中国传教团所有同人中能力最差的一个。我随身带着大量基督教书籍和一小箱药品，这些药是不久前几位好心的英国朋友寄过来剩下的。我还获赠了几份航海图、一个四分仪和一些应急的工具。早在离开暹罗之前，我就已经成为天朝的臣民，加入了福建同安地区的郭氏宗族（family of Kwo），取名"实猎"（Shih-lee）①。我偶尔穿中国长袍，经常被周围人认作汉人。现在，我不得不完全遵从中国人的习俗，甚至丢掉读欧洲书籍的习惯。我很高兴自己能满足他们的所有期望，只等着迎接死亡。

登船后的三天里，我们沿着蜿蜒的湄南河顺流而下，被成群的蚊子围攻。相比于入河口破败的堡垒，蚊子倒成了这个国家更好的防御武器。我被这些蚊子咬得几乎无法行走，也咽不下食物。有段时间，我只能依靠河水维持生命。6月8日晚，我几乎

---

① "郭实猎"是郭氏本人唯一公开使用的中文姓名。——译者注

濒临死亡，呼吸几近停止。我四肢摊开，躺在铺位上，没有一个人过来帮忙。尽管在这种极度绝望的情况下，我的意识还很清醒，这让我能够积攒一点儿力量离开我的隔间。我刚挪到统舱，就开始剧烈呕吐，因此摆脱了窒息的危险。

6月9日晚，我们到达暗礁区，这里的水很浅，因此我们耽误了一些时间。在暹罗建造的每艘船都会有一位暹罗贵族担任赞助人。我们这艘船的赞助人是暹罗的最高长官，他派了一位文书到船上以保证我们安全出海。这位文书看到我在一艘中国船上时感到很震惊，并对我的安全表示担忧。事实上，我所有的朋友都担心我的生命安全。

在这三天里，我们穿过了暗礁区，但也遭遇了很多困难。当潮水对我们有利时，我们便扔出一根缆绳，用一种水手们高度认可的方式引船向前。

大家对我十分友好，他们都见过我的妻子，因此对我妻子的离世表示遗憾，并通过一种令人不快的方式减轻我的痛苦。虽然这些可怜的人吃不起盐、蔬菜和大米，而且往往衣不蔽体，但他们很健康，也很快乐，有些人甚至很强壮。他们热烈祝贺我终于离开蛮荒之地，进入天朝的领地。虽然他们大多出身贫寒，但大部分人都能认字，很喜欢读一些自己喜欢的书。

6月14日，一些暹罗人上船来搜查我。我不知道他们的意图，就躲了起来。如果这个时候他们把带来的消息传达给我，我虚弱的身体一定就崩溃了。直到后来我才听说，我挚爱的、尚在襁褓中的女儿在我登船后不久便夭折了。悲痛的消息激起了无尽的悲伤。之后，我独自在隔间度过了数日，隔间里一直弥漫着可恶的鸦片烟雾。那些人刚放下手中的烟枪，就开始说一些猥琐且令人憎恶的话，更加令人讨厌。我不得不耐心忍受，直到我有足够的力气和他们讲话；然后，我用最直白的话告诫他们。让我意外的是，他们中有些人为此向我表达了歉意。

最后，我们的乘客都登上了船，船员开始起锚，这时我们发现船超载了。这种情况很常见，因为每个人都尽可能多地携带行李上船。现在，船长不得不返回曼谷。刚抵达曼谷，他就开始卸货。6月18日，我们重新起航，沿着暹罗海岸缓慢地行驶，只在潮水有利的时候航行。我们向东行驶，在春武里附近抛锚，这里主要是中国人居住区，以渔业和盐场闻名。暹罗人在这里设有盐官，完全控制着整个国家的盐业。19 日，我们突然看到之前海盗的盘踞的阁克兰艾岛①，这座岛的山顶有一座寺庙，庙里摆放着一尊卧佛像。中国人每次到这里，都会给这个神像献上供品。满载货船的乘客会供奉一头猪，穷人献上一只家禽或鸭子便心满意足了。这两种供品一旦拿出来，短时间内就会被水手吃掉。对于这种违背常识的做法，我进行了一番讽刺，并得到了水手的认同，但他们并没有放弃对供品的打算。

现在，我开始期盼自己的身体恢复健康，并将注意力转向中文书籍。但虚弱的身体迫使我放弃了这一念头，终日无所事事。这时，同行的旅客用尽各种方式帮助我恢复体力，还给我讲述各种故事，描绘天朝的美丽，以此来逗我开心。

经过萨塔希普海角②之后（在很多地图上标记的角都偏西两度），我们抵达尖竹汶，这里贸易很发达，居住着暹罗人、中国人和交趾人。尖竹汶盛产胡椒、大米、槟榔，每年都有大量来自广州的中国商船从这里满载而归。其他地方驶向中国的船只偶

---

① 阁克兰艾岛，泰国东部沿海最大的岛屿。——译者注
② 萨塔希普，又称"梭桃邑"，位于曼谷湾东南，春武里南端海角。——译者注

尔也在这里停靠做些生意。

随着我体力的逐渐恢复，我时常进行地理观测，船长和其他人还要求我解释确定经纬度的方法。我完整地解释这个理论后，船长对我将太阳放在与海平面持平的高度感到不解，他还说："如果你可以这样做，那你也就能测算海水的深度了。"由于我无法回答他的问题，他便坦率地告诉我，这个观测是没有用的，完全是胡闹。于是我失去了他的信任。但是我告诉他几个小时后我们就会看见威岛（Pulo Way）①，很快他又恢复了对我的信任。一百年前，英国人在这座岛上建造了一座堡垒，随后由于当地自由民与英国驻军发生冲突，这座岛便被废弃。18世纪末，在交趾支那内战期间，已故国王阮福映（Kaung-Shung）曾在这里避难，在最恶劣的条件下生活了好几年。1790年，他展开反攻，拉拢了一个政党，驱逐篡位者，征服越南东京（今越南河内），并在法国传教士百多禄（Adran）的帮助下，让整个帝国焕然一新。再往前追溯，这座岛屿是马来西亚

---

① 根据上下文描述，此处应指"富国岛（Phu Quoc）"，是越南实际控制的最大岛屿。18世纪末交趾支那内战期间，阮福映曾多次来此地避难。——译者注

海盗的大本营。眼下，这里丛林茂密，仅仅住着一些渔民。

我们历经艰难险阻到达柬埔寨的江城河①口（Kang-kau River），这里有一座城市②，与新加坡之间贸易很发达，主要经营大米和地毯。交趾支那人奉行一种非常狭隘的政策，不求发展，竭力阻止与中国人的贸易。他们的核心政策就是让柬埔寨人处于极端贫困中，这样就可以永远奴役他们。从停泊在这里的几艘船中，我们发现了暹罗大使乘坐的"贡船"。尽管暹罗人名义上承认中国的主权，并通过向北京进贡来表示臣服，但他们频繁进贡的背后实际还有利益诉求。这些远航船是免税的，船体非常大，因此有高额的利润可图。但是，这些船被委托给中国人管理，他们也要保证自己从中分一杯羹。几年之后，其中几艘船就损毁了。

7月4日，我们抵达昆山岛③，即中国人所谓的"昆仑"。岛上住着交趾渔民。柬埔寨的低平海岸上

① 江城河，发源于柬埔寨，今属越南，"江城夜鼓"被誉为"河仙十景"之一。——译者注

② 即河仙镇，今属越南。——译者注

③ 昆山岛，又名"昆仑岛"，位于越南南部的南中国海，马可·波罗称其为中国与印度海路上最重要的岛屿之一。——译者注

没有什么吸引人的事物，但这个国家似乎很适合种植水稻。我们经过这里时，交趾军队由于害怕暹罗人侵袭西贡，已经在这座岛上驻兵设防。8 艘商船在西贡满载槟榔，开往天津，结果只有 4 艘船抵达港口，这 4 艘船中又有一艘在返航途中失事。

尽管我在这次旅行中饱受恐惧和病痛的折磨，一想到将去中国，无论结果如何，我便从这种坚定的信念中获得了极大的安慰。

占城①海岸风景如画，这片地区本身丛林茂密，人烟稀少，只住着少数原住民、交趾人和马来人。我无法获得太多关于这个地区的信息，因为连中国人都不经常在这里开展贸易，但当地人似乎习惯于将他们的商品带到附近一些中国人常光顾的港口进行交易。

在这里，我们到处都可以看见大量的鱼，很多鱼都可以随手抓到。我们偶然会抓到一些大鱼。我们一行中一个很有威望的人建议，这种鱼应该供奉给天后妈祖。我表示强烈质疑。

从昆山岛开始，风向变得有利，我们五天就穿

---

① 占城，又称"占婆王国"，位于今越南中南半岛东南部，建于公元 2 世纪，1832 年被阮朝完全吞并。——译者注

过了交趾海岸。沿岸的岛屿和海岬非常美丽，尤其
是梅亭海角①、戴兰海角②和归仁海角③。很多河流
和小溪沿着海岸流淌；海里鱼类丰富，是当地人主
要的食物来源。成百上千艘船朝着四面八方航行。
交趾人生活贫困，最近的那场革命让他们的生活雪
上加霜。因此，他们总是节衣缩食。国王很清楚自
己及其臣民的悲惨境况，但他不愿意通过与欧洲人
开展贸易来改善这种困境。当地人的性格开放直率，
他们很想赢得外地人的好感。

7 月 10 日，我们看到了天丰岛（Teen-fung）④，
远处看上去像一块高高隆起而凹凸不平的岩石。水
手们开心到了极点，这是他们看见的第一片祖国领
土。天丰岛距离海南三或四里格⑤。这座岛屿四面环
山，中部有很多平地，种着水稻和甘蔗。当地人和
马尼拉人一样住在森林和山里，大部分人是几个世

---

① 梅亭海角，位于今越南宁顺省。——译者注
② 戴兰海角，位于今越南富安省，地处越南最东端。——译
者注
③ 归仁海角，位于今越南平定省归仁市，归仁海港东侧。——
译者注
④ Teen-fung，根据作者描述，应为海南岛南部 20 千米左右的
一座岛屿，暂不可考，故音译为"天丰"。——译者注
⑤ 里格，古老测量单位，1 里格约为 5000 米。——译者注

纪前福建人的后代。尽管他们的外貌有所改变，但他们的语言中仍保留着祖先的痕迹。他们是最友好的民族，总是很快乐，很善良。他们勤劳，讲卫生而且性格坚韧不拔。他们对外界事物充满了好奇，但理解得很慢。

海南基本上是一个不毛之地。除了木材、大米和蔗糖（大米、蔗糖主要运到中国北方），这里就没有其他物品可供出口了。当地居民在海外进行一些贸易，他们会去越南东京、交趾、暹罗，还有新加坡。他们在去暹罗的途中，经常沿着占城海岸和柬埔寨海岸伐木。当他们到达曼谷时，再另外买些木材来建造帆船。他们用两个月就可以造好一艘船，帆、缆绳、锚等所有制作工作都由他们自己完成。这些帆船随后载满货物，驶往广州或海南岛售卖。船和货物一起卖掉，造船者平分利润。其他载有大米、骨粉肥料的商船通常被派往海南。

当我们看见中国大陆的第一个海岬时，船长就马上自愿制作祭品，水手们也不甘落后地饱餐一顿。四面八方开始出现大量船只，场面热闹非凡。南丫岛（Lema islands）刚刚进入视线，我们的船便因为无风而被迫停航，高温酷暑也让我们备受煎熬。但这时海水依然在往前流动，载着我们前往目的地——潮州三饶。潮州府位于广东省最东边，紧邻福建。这里地广人稠，居民遍布每个角落。保守估计，该地区至少有三四百万人。它的主要港口包括澄海（主要商业中心）、庵埠、海阳、揭阳和饶平。整体来说，这里的人对陌生人很友善。他们为了生计被迫离开故土，每年都有超过5000人前往印度洋群岛、交趾支那和海南，或者当水手谋生。潮州毗邻福建，两地方言很接近，但他们的生活习惯差别很大。习俗有别，而生活追求一致，导致他们之间相互竞争，甚至公开敌对。

我们的水手就来自潮州地区，分别一年后，他们迫切地想要见到家人。然而，由于我们的船没有得到许可，无法进入饶平河①，只能在南澳港抛锚。这时，各地的客船从四面八方驶来，载着人们回到自己的家乡。暹罗的大米非常便宜，每个水手都买一两袋大米作为礼物带回家。事实上，他们想要的、工作的主要目的都是赚取大米。他们的家庭开支由消耗大米的数量决定，每顿饭的多少由碗的数量决

---

① 即贯穿饶平县的黄冈河。——译者注

定。除了大米之外的任何食物都很匮乏，这是他们
最大的不幸。当他们无法得到足够的大米填饱肚子
时，他们就用相同重量的水来代替。当他们问道西
方蛮夷是否吃米饭时，他们发现我回答得很慢，就
大叫起来："噢，夷人所在的蛮荒之地不生产生活必
需品！奇怪，那里的居民不应该早早地就饿死了
吗?"我努力向他们说明我们有其他的食物代替米
饭，但是，我的说辞毫无作用，他们仍然坚持只有
米饭才能维持人的生命。

大部分水手离开船之后，我开始想到他们的悲
惨境况。几乎是缺衣少钱地回到家乡，几天后又匆
忙离开，再次面对新的危险。但是，不管他们现在
的处境多么糟糕，他们认为永生会更加悲惨。现世
堕落，因此他们害怕永生，对于永生感到困惑。

7月17日，我们抵达南澳港。这个港口以岛屿
的名字命名，岛上土地贫瘠，大部分是岩石，一条
狭长的地峡连接着两座山。南澳岛位于北纬26度28
分，东经116度39分。这里曾是一个军事基地，岛
上有座堡垒。南澳港也是福建人和广东人进行大规
模贸易的场所。港口宽广，水也深，但要进入海面
却很困难，也很危险。

黄冈河的入海口非常浅，在这里可以看到许多小船，主要来自澄海县。入海的关税很高，手续也很烦琐。但是，人们知道如何躲避官吏，就像官吏躲避皇帝一样。澄海县幅员辽阔，建筑考究，在这里定居的主要是商人、渔民和水手。周边地区的产品不足以满足居民的生活，他们想出各种方法和手段来维持生计。

我们刚抛锚，就被许多小船包围，船上有女性，其中一些女性是由父母、丈夫或兄弟带来的。我向留在船上的水手们喊话，希望劝说他们，让他们或多或少克制自己的邪恶念头。但是，不幸的是，我刚离开甲板，他们就肆无忌惮地跟这些女性鬼混。随后发生的一幕令人气愤，我们的船差一点儿成为罪恶之地。那些水手不顾家中饥饿的家人，只管眼前享乐，被欲望蒙蔽双眼，在感官本能的驱使下，他们似乎愿意舍弃所拥有的一切，而不愿意放弃这种会带来痛苦、疾病和死亡的罪行。耗尽之前所有的收入之后，他们被鲁莽、悔恨和阴郁的绝望吞噬。由于这些堕落之徒吸食鸦片成瘾，长期酗酒，他们迫切需要烈酒和鸦片，而这些物品的零售商很快就会伸出"援手"。因此，所有这些都在冥冥之中滋生罪恶，促使他们挥霍钱财，让罪恶的信徒一筹莫展。当物资耗尽，这些人变得愤怒，并寻找机会通过欺骗或武力来弥补其损失。水手们看到我将行李箱保护得很好，就猜测里面装的是金银财宝。于是他们密谋要用斧头砍掉我的脑袋，抢走行李箱，分掉钱财。为粉饰其阴谋，他们说我不懂钱的用途，而他们可以把钱用在最合适的地方。参与这个阴谋的成员都吸食鸦片，领头的是个老水手，自称是我的朋友。正当他们准备动手时，一位老人站出来，他说几天前自己看到箱子被打开了，里面除了书什么都没有，不用砍我的头就能得到这些书。随后，他们传唤了其他目击者。令人满意的是，他们确认老人所言属实，一致同意停止执行计划。

刚才，船长一直在岸上，他回来后阻止了罪行的发展。作为有坚定原则的人，他赶走那些妓女，并让那些人遵守秩序。然而，还是有人从他的眼皮底下溜走。当那些可恶的人得到了钱财（他们的主要目的就是如此），他们一般会主动放弃这艘船。我现在有充分的机会向周围的人讲述这种行为的愚蠢和悲惨，而且我的现身说法取得了成功。一般来说，中国人都能忍受公正的责备，甚至对责备他们的人大加赞美。

在这里，我看到许多当地人因缺乏食物而饥肠辘辘，施舍一丁点儿米他们就贪婪地攫取，并且非常感激。他们虽然很健康，很强壮，也能工作，但会抱怨没有工作可干，而且生活资料匮乏①。在贫困的驱使下，他们中有些人成为海盗，在夜里偷袭并掠夺港口的船只。14 天过后，所有人都急于离开，因为他们的财产已经耗完，更多的消费机会只会诱导和烦扰他们。当我们开始航行时，一位老人预言我们将遭遇风暴，但这并没有阻止我们继续前进。许多满载蔗糖的船向中国北方驶去，我们一同离开了港口。

7 月 30 日，我们经过厦门。厦门是福建省的主要商业中心，居住着众多商人。这里的商人们拥有300 多艘大船，进行广泛的贸易，不仅通往中国的所有港口，也通往印度群岛的许多港口。尽管进出口关税很高，这些商人仍然乐此不疲，并摆脱了官

---

① 以上言论主要针对潮州府，以及邻近的福建省和同省的惠州府，这些地方在过去几个月中普遍存在饥荒。因此海盗猖獗，发生了多起叛乱。由于饥饿和缺乏工作机会，许多农民也被引诱加入匪徒的秘密组织，侵扰周边，尤其是南部省份。

吏的阻挠。他们乐于利用一切机会与欧洲人开展贸易。毫无疑问，他们会以广州为基础，将生意做大。

第二天，风向对我们十分有利，直到我们抵达台湾海峡。台湾海峡经常波涛汹涌，北风狂劲。当我们到达位于福州府的定海时，风越来越大，迫使我们改变航向。由于担心遭遇暴风雨，我们将船停泊在马祖乡附近，据说女神妈祖婆就住在这个岛上。我们在这里停留了一段时间。海岸上的建筑很漂亮，人们看起来很穷，但很诚实。他们主要从事捕鱼和种植葫芦等工作。岛上岩石很多。

往内陆方向几英里之外就是茶山，成千上万的人在那里工作。福建和浙江巡抚居住在福州府，那里面积很大，建筑也很精美。小船可以下河，定海港水很深，且海面非常宽阔。我们在那里看到了许多载满盐的船，还有一些渔船。

当我们准备离开港口时，又一场大风袭来，迫使我们抛锚。我们没有选择离我们很近的良港锚地，而是选择在岩石附近的位置停泊，在那里我们差点性命不保。第二天，风暴加剧，大风变成了龙卷风，有可能把我们卷进汹涌的波浪中。这艘船暴露在风和浪的夹击之下，我们每时每刻都在担心船只被打成碎片。大雨很快就开始倾盆而下，船上各处都被水浸泡了。

从茶园来的一些人也登上了我们的船，他们很有礼貌，举止朴素大方，非常值得称赞。我和他们聊了很多，问了他们很多问题，他们的回答很恰当，也很准确，我感到非常高兴。

在我们离开南澳岛之前，我们的船长，也就是这艘船的主人，由于向往家庭生活的乐趣，委托他的叔叔来管理这艘船，然后离开了我们。这位新船长是个老人，他读过很多书，善写文章，而且对欧洲人的性格相当熟悉。然而，他对航海一无所知，并且带有流氓品性，这完全掩盖了他的那些优良品质。他的弟弟生性傲慢，毫无阅历，就是个无赖。他咳嗽得很厉害，经常浑身发痒。作为我的伙伴，他非常烦人，经常破坏我们最好的饭菜。我们每天的食物相当稀少——主要是米饭和干咸菜。一旦获得任何额外的食物，大家都争抢，以至于我得的食物实际上很少。

有一次，一大群人联合起来反对我，他们不赞成我的做法。他们说，天津不需要我的书册。那里已经有足够的牧师，而且他们早就为人们提供了一

切必要的服务。至于医疗救助，有数百名医生乐于
为穷人和病人提供治疗，完全不需要我操心。此外，
他们都担心中国各地盗匪活动猖獗，我会被歹徒盯
上。只要言及他们生活中的不道德行为，我就可以
轻易压制他们所有的反对意见；"如果真如你们所
说，你们受天朝律法的管制，为什么这些法律对你
们的恶行却毫无约束力？"他们回答说："我们确实
是罪人，而且是无可救药地迷失了自我"。

当我们看到位于北纬 29 度 22 分的舟山群岛时，
我们再次因无风而不能航行。水手们急于继续前进，
众人便筹集了某种金箔纸，将其折成一艘船的形状。
伴随着锣鼓声游行一阵之后，他们把这艘纸船放进
海里，但这一迷信仪式并没有使天气发生任何变化。
海面依旧风平浪静，甚至比之前更加压抑。

舟山市位于北纬 30 度 26 分，由于欧洲船只不
再来此，这座城市已经衰败。但港口聚集了一些当
地船只。宁波位于舟山西边不远处，是浙江省的主
要商业中心。当地的船只通常重约 200 吨，配备 4
个布制的长方形船帆。这些船与江南省的船很类似，
主要与中国北方进行贸易。铜钱是他们的主要出口
产品，其价值约为通用货币的一半。

8月20日前后，我们到达长江口岸，河岸上矗立着上海市（上海县），它是南京和整个江南省的商业中心。就本地贸易而言，也许是大清帝国的主要商业城市。城市的布局非常有品位，寺庙众多，房屋整洁舒适，当地居民很有礼貌，只是他们的举止带有部分奴性。与宁波一样，在这里进行贸易的主要是福建人。每年有千余艘小船驶向北方，出口丝绸和其他江南制造品，进口豌豆和医疗药物。一些福建人驱船前往印度群岛并满载而归。

我们历尽艰辛才抵达山东岬角的最顶端，位于北纬37度23分。当我们到达时，风向仍然不利，我们在俚岛①（Leto/Letaou，桑沟湾的一座岛屿）抛锚，那里有个宽阔的深水港，被岩石包围，左侧是巨大的浅滩。这天是8月23日。港湾里有几艘船，因为天气恶劣而被赶到这里。在俚岛港的一端有一座小镇，周围的乡村都是岩石，除了水果，几乎不产任何东西。房屋由花岗岩建成，上面覆盖着海草，屋内装饰非常简陋。这些人的外表相当整洁，举止也彬彬有礼，但文化水平都不高。虽然他们不太会

———————

① 俚岛，位于桑沟湾以北，此处为作者误记。——译者注

写字，但讲的官话是我听过最标准的。他们看起来很穷，没有什么谋生手段，但他们很勤奋，为了生计而努力工作。我到他们的小屋去拜访，受到很好的款待，还被邀请参加晚宴，当地的重要人物都在场。

由于我是陌生人，他们的注意力都在我身上，我趁机解释来访中国的原因，充分满足了他们的好奇心。他们对我还进行了回访，其中一些人称我为"西洋子""西海之子"，还有人称我为在外国出生的中国人，但大多数人似乎并不关心我的出生地。

我们在这里发现大量的苹果、葡萄和其他水果。在长期依靠干米和咸菜为生之后，这样的小食真是求之不得。这里鱼也很多，而且很便宜。居民普遍吃粟米，他们称之为"高粱"（Kaou-leang）。他们在磨坊中用驴拉磨将其碾碎，吃法和米一样。称为"粱"的谷物有好几种，它们的口感和颗粒大小各不相同。

这里有些买卖，但人们太穷，贸易不成规模。值得一提的是，在孔子出生地附近，这位圣人的道德戒律竟然被践踏（正如我看到的那样），甚至提到他都会被人们鄙视。在这里，我们的水手，特别是那些去参观妈祖庙的水手，又一次被可恶的女人诱惑——他们是我见过的最堕落的人。但这些可怜的家伙很快就体会到行为不检的后果。一些人不仅倾家荡产，还患上令人厌恶的疾病。他们经常感叹自己的愚蠢，也经常说，自己没有能力变得更优秀。我的一些同伴在恢复理智之后，强烈地感受到良心的谴责。尤船长就是其中之一："我是一个绝望的可怜虫，"他说，"我徒劳地与罪恶斗争，每天都让我接近永恒的毁灭。"尽管他努力抑制悔恨，在他的船舱里放置一尊神像，并重复他的"阿弥陀佛"（大多数人开始向神祈祷时说的话），但他所有的努力都是徒劳的。他的内心变得更加堕落，他更加迷信，几乎不可救药。当我和他坐在小屋里谈论基督的福音时，他经常说："我没有朋友，当我在韦岛失事时，那些恶毒的同伴全都抛弃我，我现在的一点儿财产只够我个人生活，但我有家庭，他们指望我养活，而我却放弃了自己，被愚蠢和邪恶吞噬。"这个可怜人身心交瘁，他的大部分时间都在睡眠中度过。偶尔，他会和隔壁的海船长（Captain Hae）交谈，海船长对不法勾当了如指掌。在夜里的谈话中，他们会向对方讲述彼此曾经的"壮举"。听他们讲述令人感到痛苦，特别是当我听到这些话从一个白发苍苍的老人嘴里说出来，尤在度过了60多年的邪恶生活后，很快就要进坟墓了。哦，这就像在地狱作伴，所有邪恶的英雄们在那里聚会，进行永恒的交流。每天都在罪恶中进步！

虽然我的信仰与尤完全相左，但他经常向我真诚地示好，为我的孤独状态感到悲哀，并担心我因为过于正直而成为歹人的目标。他有时根据中国人的流行观念给我讲述地理知识，他认为这些观念是唯一正确的，而我们的观念是完全错误的。作为画家，他画了张地图。其中非洲被放在西伯利亚附近，而朝鲜则在某个未知国家的附近，他认为可能是美洲。虽然他的想法很荒谬，但他的理解能力很强。如果他没有被神像崇拜和犯罪所玷污，他可能会成为对社会有用的人才。

英国使团的轮船最后到中国时，似乎在俚岛停留过，这对当地人来说仍然记忆犹新。他们经常提到那些威风凛凛的轮船所向披靡。直到今天，甚至一提到 Kea-pan 船（他们对欧洲轮船的称呼），他们就会感到惊恐和颤抖。我说："如果他们是来伤害你们的，他们早就这么做了。但既然他们是和平地来，又和平地走，就应该被看作中国人的朋友。"然而，我的推论没起到多大作用。"他们不是商人，"他们回答说，"如果他们是商人，我们应该把他们当作朋友来欢迎。但是他们带着枪来，而人做任何事情都是有目的的，他们一定有什么目标，而这个目标一定是征服。没有将欧洲轮船到来的事情上报朝廷的官员受到了严厉的惩罚。如果皇帝没有察觉到阴谋，怎么会这样做？"

大多数中国人都认为欧洲是个小国家，里面住着几个商人。他们说着不同的语言，主要靠与中国的贸易维持生计。为了纠正他们的想法，我向他们介绍了欧洲不同国家的情况，但这一切都没有用。人们普遍认为欧洲是个小岛，只有几千居民。这种观念根深蒂固，无法消除。

然而，他们很想知道所有外国人带到中国的货币是从哪里来的。当我告诉他们更多西方世界的情况时，他们表示希望去西方国家，因为他们认为那里的金银一定和中国的花岗岩一样多。而当我告诉他们，去西方国家的途中可能很多天看不到陆地，他们就不愿意进行这样的航行了。"当风暴把我们卷走，"他们恳切地询问，"我们要去哪里避风和抛锚？而一旦我们失事，我们又该到哪里去找避难所呢？"

虽然他们很快就放弃了造访欧洲的想法，但他们仍然希望获得更多关于外国货币的信息，并重新要求我教他们用锡或铅制造钱币的技术。因为他们中的许多人相信，英国人能够通过某种工艺将这些金属变成银币。他们认为我除了神学之外，还精通各种艺术。当我告诉他们我既不了解这个秘密，也不相信任何凡人能做到时，他们感到非常失望。他们不相信这种说法，而且认为英国人很富有，在广州拥有许多大船和壮观的工厂。能挣得这么多的财富，除此之外别无他法，因此英国人必然能够将其他金属变成黄金。暹罗人也相信这种奇怪的观念，一些人恳请我传授他们这种珍稀的技艺。他们还把银矿送到我这里，请求我提取银子并把它变成外国货币。他们频繁地为我设下圈套，原因可能是我对每个人都很慷慨，也很诚实，而且不从事贸易。因此，他们推断我制造了银子和钱币，并通过这些手段积累财富，满足我的日常开支。

在俚岛停留数日后，我们再次起航。但风向仍然不利，我们缓慢前行，于 9 月 2 日在水深且宽阔的奇山所（Ke-shan-so）① 港口靠岸。小镇与港口同名，地理位置很好，自然环境优美。人们很有礼貌，也很勤劳。他们生产一种布料，由棉和丝绸制成。这种布很结实，在中国各地都很畅销。他们很富有，并与前往天津的船队有相当频繁的贸易往来。许多船只与我们的船同时进港，这里贸易十分发达。在岸上，各种的小食都很便宜。这里的人们似乎很喜欢骑马，我们看到许多女士在赛马中表现得非常出色。英国战舰让这里的人们受惧甚深。我一直竭尽全力纠正他们的错误观点。

这里和俚岛一样存有恶习。水手们事先借到钱，赶在离港以前，便花得一干二净。我向他们预言，他们的恶习会带来严重的后果。这个预言现在成真了。这些可怜的家伙变得绝望，除了我之外，他们没有其他可以泄愤的对象，于是就让我非常疲惫和恼火。第二天早上，天气非常闷热，我被巨大的雷声惊醒。我醒来后不久，闪电击中了我们的船。震动非常大，桅杆从上到下被劈开，而最令人欣慰的是，船体没有受损。这一事件在水手中间引起了轰

① 奇山所，位于今山东省烟台市芝罘区。——译者注

动。他们神情沮丧，几乎不敢抬头，而把我看作被庇护的人。从此以后，他们不再嘲笑我，反而对我非常尊重。这时，各种因素似乎都在暗中与我们作对，风向和潮水相反，我们几乎寸步难行。

奇山所旁边是堪州（Kan-chow）①，山东省的主要港口之一。商船在岸边停泊，押运货物的人顺着一条小河进入该城镇。这里有一个印度和欧洲商品的贸易市场，几乎所有商品的价格都很合理。关税很低，而且官员们很少管控贸易。总的来说，山东人比南方省份的居民要实诚得多。

9月8日，我们经过定城（Ting-ching）②，这是靠近海岸的一座堡垒，位于直隶省和山东省交界处。定城面积很大，周围有高墙。我们在附近看到一些很好的种植园。总的来说，这片地区生机盎然。许多地方绿树成荫，对于疲惫的游客来说，在山东光秃秃的岩石上绝对看不到这般景象。

---

① 经译者查证，清代来华传教士笔下"Kan-chow"一般指"赣州"，但该说法与此处上下文严重不符，应为作者笔误或印刷错误。奇山所在清代属"登州"，邻近蓬莱，故此处极有可能指"登州港"。——译者注

② 此处为音译，具体所指有待考证。——译者注

9月9日，我们遇到了重大的危险。我们在白河①口附近抛锚后不久，突然刮起一阵大风，狂风肆虐近6个小时。与我们一起离开俚岛港的几艘船都被击沉，但我们的船却完好无损。由于风是从北面吹来的，宜人的温度很快就变成刺骨的寒冷。虽然我们离海岸足足有30英里远，但海水还是被大风卷起，潮水急速退去，甚至一个人都可以轻易地涉过沙洲。螃蟹遍地都是，于是我们的水手们四散开来抓螃蟹。但几天后，一阵有利的南风吹来，水位才逐渐上涨到原来的高度。不久，我们看到很多船从河口驶来，协助人们从海上拖曳船只。

我们向岸边行驶了很长一段距离后才看到陆地，陆地几乎与海面持平。首先映入眼帘的是两座小堡垒。这两座堡垒位于河口附近，在过去几年里经历了大规模的修缮。来到我们船上的当地人衣着寒酸。我们刚抛锚，几个来自天津的鸦片贩子就凑过来。他们说，皇子死于吸食鸦片，朝廷已经发布非常严厉的禁烟令。在城里进行鸦片交易非常困难，所以他们出来收购，看我们船上能卖给他们多少鸦片。

---

① 白河，即海河，河北省第一大河，五条支流在天津汇合后注入渤海。——译者注

　　白河入河口一片惨淡景象，整个地区就像沙漠一样沉闷。南风吹来的时候，海岸经常被大面积淹没，而内陆的州府几乎没有什么吸引人的地方，只有盐堆和许多标记着死者墓地的土丘。这里的堡垒近似方形，由单层墙围起来，表明中国人在防御技术方面没有多少进步。人们告诉我，上次英国使团的船只停泊在白河附近时，他们派遣了一支步兵和骑兵分队来到这里守卫，以防不测。很显然，这些英国船在当地人心中留下了非常深刻的印象。

　　虽然上我们船的人很多，但他们对我并没有过多的在乎，对待我的方式与对待其他乘客一样。岸边的居民大多都是贫穷的渔民，他们的食物几乎只有高粱饭，像蒸米饭一样，根据个人情况按不同的比例将高粱与水混合煮熟——如果富裕，水量就少；如果贫穷，通常情况下就多加水。大多数居民都以这种方式生活，只有极少数富人和来自江南、福建和广东等省的定居者能够奢侈地享受到白米饭。在这样一个贫瘠的地区，贫穷的居民努力工作，无欲无求，只求通过耕种土地来维持生计。

　　我们在大沽村附近停泊，这一带的村舍堪称白河沿岸建筑的标本。在这片缺乏生机的地区，只有在河岸边，人们才会注重修缮房屋。这些房子普遍很矮，呈方形，朝向街道的一面墙很高，能很好地抵御冬季的严寒，但在建造时几乎没有考虑到居住的便捷性。每家每户无论贫富，房子都用泥土建造，只有官吏的房子用砖建造。穷人的茅舍只有一个房间，兼具卧室、厨房和客厅的功能。为了保暖，房屋各处都被封死，人们就在这样简陋的住所里度过沉闷的冬季。前景渺茫，能预见的只有挨饿。富人为了缓解平民的迫切需求，有时热心地送给他们一些高粱。皇帝为了使百姓免受恶劣天气的影响，会同情地赏赐他们几件外套。我与这些人有过多次交谈，他们看起来很粗鲁，但非常顽强。他们很穷，但很快乐。他们很活泼，但很爱吵架。这些悲惨的民众数量非常庞大，据说每年冬天都有许多人被冻死。由于人口过剩，工资太低，食物又很贵，大部分食物和日用品都要从其他地区或省份运来，因此许多生活必需品，甚至是燃料，都是高价出售。值得庆幸的是，这个贫瘠的地区位于京城附近，大量的白银和主要的出口产品源源不断地从帝国其他地方流经这里。

大沽的地方官员登上我们的船，前面的传令官向我们宣读其级别和权力范围。他们上船给予我们许可，批准我们沿河而上。但许可证必须要用礼物来购买，讨价还价就花费了半天时间。

当我们再次准备出发时，大约有30个人帮助我们拖船。他们衣着单薄，似乎缺衣少穿。我们送给他们一些干米饭，他们的喜悦之情难以言喻。当风力不足、船无法移动时，这些人和我们的水手一起顶着湍急的水流拖船前行。白河的潮汐没有规律，水流时快时慢，源源不断地汇入大海。退潮时，水流不足以载船前行，我们就停止前进，上岸休息。

沿着河流有许多大型盐堆，特别是在天津。这些盐场很难不引起陌生人的注意。这里的盐场出盐量非常大，似乎足以供应整个帝国。在5位皇帝的统治期间，其产盐量一直在增长，而且仍然在继续增加。这种盐在海岸附近的盐池里形成，然后被运到大沽一带，紧密地堆积在泥堆上，再用竹席覆盖。保持这一状态一段时间后，盐被装进袋子，运往天津，保存多年后才能出售。运盐的货船超过800艘，成千上万的人以此为生，其中一些人就靠它致富。据说盐商是大清帝国中最富有的人。

白河两岸有许多村庄，房屋的建筑材料和风格与大沽城一样。大片的土地上种着高粱、豆子和萝卜，由妇女精心耕种和灌溉。这里的妇女似乎比南方省份的妇女享有更多的自由。即使再贫穷的妇女也穿戴整洁，但她们的脚都很窄小，使得她们步履蹒跚，走路必须使用棍子。这里的驴又瘦又小，是主要的耕地牲畜。畜牧的工具非常简单，甚至可谓简陋。虽然这个国家已经存在了几千年，但供马车行驶的道路少得可怜，在一些地方甚至很难找到行人走的人行道。

我经常注意到许多房屋门上写着"酒店"。经询问，我发现这里烈酒非常畅销，尤其是用粟粱蒸馏形成的酒，而且人们饮酒不加节制，经常导致一些不良后果。令人惊讶的是，虽然白河两岸生长着大量葡萄，当地人从不采用优质的葡萄酿酒。葡萄是这个国家最美味的水果，这里也有苹果和梨等其他水果，但种类不多，质量也没有欧洲的好。

我们兴高采烈地沿河而上。拖船的人精心为自己准备了充足的大米，他们非常积极地提供服务。有几艘船和我们一起航行，我们的水手和一些福建人发生争吵，场面差点失控。我们的人已经抄起长矛，摆好战斗阵型。这时，令人高兴的是，几名资深水手和对方达成了和平协议。几年前，两艘船之间的争吵使当地所有的福建人和潮州人大打出手。双方争斗得非常激烈，但主要还是口舌之争。官吏们总是盘算着如何从这种冲突中获利，很快就对此事产生浓厚的兴趣。通过向各方收取贿赂，他们很快平息了此事。在目前情况下，人们担心出现类似的后果，因此人们更愿意停止争斗。船上一些商人就是抱着经商的目的而来，他们更愿意维持和平，做些生意。事实上，他们航行的目的是开展贸易，我们的人一直在从事这项工作。当没有机会与陌生人交易时，他们彼此之间互通有无。不幸的是，他们财富的增长速度并没有赶上消耗的速度。

随着我们接近北京，我变得非常焦虑。我们历经磨难，费尽周折，现在即将抵达大清帝国的首都，真正的目的地近在眼前。我不知道中国政府如何看待这次来访。迄今为止，他们还没有注意到我。但现在危机来了。我无法在一个遍布官吏的地方继续隐藏下去，我几乎没有朋友，也没有多少积蓄，对这个国家及其国民没有任何了解，我不得不做最坏的打算。

我完全明白自己将被指责为一个刚愎自用的热

心人，一个没有原则的漫游者：喜欢革新，急于出名；目的不明确，刚离开一个应许之地，便匆忙赶往下一个。以上种种言论不仅一无是处，而且会真正阻碍我的事业。尽管其中有些指控有理有据，但在指控我的人得知我的工作成果之前，我不会急于为自己平反。我已经权衡了支持和反对我追求事业的言论。只要还有成功的希望，就坚持到底。宁可被从凡人之中除名，我也不能冷眼旁观。然而，我并不是对自己的渺小视而不见，也不是没有意识到四面八方阻挡我们前进的巨大障碍。

如果有人想赞美我的行为，我会迎接并拒绝这种赞美，因为我完全清楚自己没有丝毫优点。这些人不要白费力气，他们应该站出来，以比前人更高的热情和智慧加入神圣的事业。这是一片广阔的领域，收获确实很大，但劳动者很少。利己主义，就是最突出的障碍！因此，我真切地希望自己完全沉浸于事业中而不为人知，隐姓埋名地工作。下面回到我的旅程。

9月22日下午，我们经过白河左岸的一片小树林，据说乾隆皇帝曾来过这里。这里有几座房子，隐藏子丛林之中。河对岸有一家商店，招牌上用大

字写道：制造并修理各种神像或佛像。这块招牌清
楚地展示了我周围人们的状况，并呼吁我为他们进
行真诚的祈祷。

第三章

随着我们接近天津地界，场面变得非常热闹。
无数大小船只几乎堵住航道，岸上人头攒动，表明
这里的贸易十分发达。我们历经重重困难，终于从
四面八方拥挤的船中挤出来，在城郊抛锚，与几艘
刚从饶平抵达的船停靠在一起，并受到岸上人们欢
快的锣鼓声的欢迎。我已经习惯于将自己视为陌生
人，因此当我看到许多人很快将目光锁定在自己身
上时，我感到非常惊讶。我行医的技能很快便有了
用武之地。第二天，在我上岸经过一艘船时，许多
人叫住我，他们称我为"先生"，即"老师"或
"医生"。我环顾四周，看到许多笑脸，有些人还伸
出手邀请我坐下。这些人确实是我的老朋友，他们

在很久之前就收到药品和书籍，现在仍然心存感激。他们称赞我的高尚品行，说我已经抛弃野蛮人的习俗，逃离野蛮人的土地，来到了"天子"庇护的地方。他们赞同我的做法，不仅使中国外埠的流民受益（按他们自己的说法），而且还漂洋过海，帮助了天朝帝国的忠实臣民。他们甚至知道"先生娘"，即"女教师"（我已故的妻子）已经去世，并对我无法挽回的损失表示慰问。

很快，我成为中国和暹罗远近闻名的传教士。因此，我认为自己有责任大胆行事，同时要谨慎。我的第一批病人是几名船长和领航员，他们有的患有眼疾，有的患有风湿病。他们住在河岸一处残破的小屋里，正准备吸食"美味的药物"，我走进屋里，严厉斥责他们的放荡行为。他们从我的激烈言辞中得出结论，认为我对治疗吸毒有一些补救措施，并向其他人暗示他们的观点。第一次实践的成功为我赢得很多中国人的尊敬和友善，他们一直要求我治疗他们先天或想象出来的身体缺陷。在这里，贫困阶层的疾病看起来和印度各地一样多。

侃喜（Kam-sea）是来自福建的商人，他家财万贯，在天津定居，并邀请我去他家做客。这天是在中国农历的八月十五日，正好是中秋节①。官员们成批赶往寺庙，僧侣身着黑衣，和尚和尼姑衣衫褴褛，大量的乞丐在街上游荡。当我经过大街时，空气中充斥着人们纠缠不休的哭声。所有的道路都是人头攒动。在商店里，中国制造的商品琳琅满目，也有一些欧洲商品，这里的贸易似乎很发达。这座城市沿着河岸绵延数英里，人口繁盛，与广州相当，而在本土贸易方面，其重要性超过了广州。街道没有铺砌，房屋是用泥土建造的，但里面装修精美，陈设最能体现中国的特色。这里许多店主和最富有的人都来自福建，本地商人虽然在业务上训练有素，但与南方商人的高超技艺相比则相形见绌。

侃喜的房屋位于城中央，装饰十分考究。他热情地接待我，并给我提供了一个舒适的房间。他家里人很多，不停地询问关于我的很多问题。由于福建人承认我是他们的同胞，这些问题便迎刃而解。

---

① 中秋节。这是中国人的一个非常重要的节日，有一部分人整月都在庆祝，互相赠送蛋糕和水果；但主要是在十五日和十六日庆祝。十五日，人们向月亮献礼，十六日，大人和孩子们通过所谓的"追月"来自娱自乐。关于这个流行的节日有一个传说，唐朝的一位皇帝在某天晚上被带到月亮上的宫殿，看到那里有一群仙女在演奏乐器；回来后，他命令人们模仿他所看到的景象着装并歌唱。

一位高官闻讯而来，他说："这个人虽是个陌生人，但是个真正的中国人。有几个人好像要阻止他上京，我给他一本通行证，因为从暹罗远道而来，不能阻止他拜见'龙颜'。"

这些天，人们对我越发好奇，都想一睹我的真容。船长看到我如此引人关注，便愈发焦虑。甚至还有人嘟囔着我此行是为了绘制中国地图，蓄谋攻击皇帝，成为领导者。然而，当我打开药箱，向所有患者伸出援助之手时，一切反对的声音都停止了。许多声名显赫的人频频来访，与我促膝长谈。他们谦让有礼。他们的问题大多很琐碎，基本上都是关于暹罗的。他们对欧洲的评论过于肤浅。前来拜访的人络绎不绝，我不得不闭门谢客。住在对门的一位士绅想从船长那里买走我，提出支付 2000 两白银（约 2700 元）①，想借着我的人气招揽客人。我的患者众多，占据了我所有的精力，从拂晓到深夜，身边的患者从未间断，我感到疲惫不堪。

我打算从天津动身前往北京，行程两天。为了实现此行，我有必要先学习北京的方言，了解首都

① 此处作者列出白银兑银元（dollar）的汇率为 20 : 27，符合当时西班牙银元的流通情况。——译者注

的居民。学习方言我没有足够的时间，除非我抛弃来时的船，留在这里过冬。而在了解北京人这方面，一些人非常热心地提供帮助。我治疗烟瘾的实验取得了很大成功，受到人们的普遍关注，甚至有些官员屈尊前来拜访，寻求我的帮助。很多大臣沉迷于吸食鸦片，皇帝陛下因此暴怒。但是，当潮州人和福建人认识到本地病人数量庞大时，他们异常愤怒，说："这是我们的医生，不是你们的。"这番争论极为不妥，他们甚至采用武力驱逐穷人。几天后，我带的药物几乎耗尽，无奈之下我只好送走这些需要帮助的可怜的穷人。

与此同时，我们的人继续进行交易。在税务官员的监督下，水手开始卸载货物并送到仓库。尽管税额很小，但他们还是使出各种把戏来逃税。实际上，海员的商品几乎是完全免税的。货物刚刚送进仓库，当地的商人立即带着银两来购置商品。交易进行得非常安静，双方都很讲诚信，因此两边均能获益。糖和罐头的利润很低，而苏木和胡椒是我们的首选商品，利润率超过100%，欧洲棉布的利润率只有50%。广州人进口的其他商品售价都很高。由于政策明令禁止，鸦片交易进入萧条期。政府抓住了一个广州商人，他从广州带来大量毒品却没有找到买家。

天津的贸易很发达，每年有 500 多艘商船驶入天津港，主要来自中国南方港口以及交趾支那和暹罗。河道上挤满了船只，商品交易让这片地区充满活力，让人们不禁想到利物浦的繁华景象。当地生产的产品很少，而资本家又收购了大量商铺，因而要满足人们的需求，就需要大规模的进口。市场看起来很稳定，只是各类商品都需要一个好价钱。在中国，没有哪个港口的商业发达程度能和这里相比，但是天津港也是风险最大的港口，一年四季都有大量船只失事，因而整体来看，获益总额相对较少。天津对欧洲毛织品的需求量很大，这给了外国公司很大的发展空间。但毛织品价格偏高，在当地的销量不算太好。我惊讶地发现，市面上流通着大量的银两，数额巨大，短时间搜集到一千两并非难事。很多人定期用银子进行交易。银两的价值在 1300 元到 1400 元之间。有些公司发行银票，就像英国银行开具的支票一样，可以当现金使用。天津的贸易条件极佳，很适合欧洲商人。

通过询问，我发现人们对皇权政府漠不关心，他们仅仅急于谋生和致富。他们似乎只知道皇帝的名字，并不了解他的品性。他们对于西部新疆的军事行动①也一无所知。直到近日皇子死于吸食鸦片②，恐慌才开始在人群中蔓延。皇帝敏锐地察觉到鸦片贸易的危害。人们普遍认为会改朝换代，但在这种情况下，天津人就像听到法国政府更迭一样，对此毫不关心。当地官员非常可怕，但也遭受着很大的压迫。从人们的讲述中我察觉到，天子脚下的官员没有偏远省份的官员那样严厉。当他们在民间出现时，场面往往非常隆重，却缺少真正的高贵。的确，他们的仪态风度并没有那么引人注目。据说这里驻扎着军队，但我看不到一个士兵，也没有见到战船。私藏军火是重罪，一旦被发现就要遭受严厉的惩罚。弓箭是非常常见的兵器。这里没有军备商店，只有粮仓。这个季节，运送粮食的货船正在返程。

迄今为止，在我见过的亚洲人中，这里的居民最像欧洲人。沮丧而忧郁的神情是中国人最普遍、最显著的特点之一，但天津人的眼神中很少透露出

---

① 即清朝平定新疆张格尔叛乱的战争。——译者注

② 此处指道光皇帝长子奕纬，于 1831 年 5 月因病去世，作者称其死于吸食鸦片应为讹传。——译者注

沮丧，因此显得非常与众不同。因此这些人的品性与欧洲人十分相似。虽然他们被压迫，无法从事任何艰苦而又高贵的事业；同时眼界狭隘，无法将视线转移到省外乃至于附属国朝鲜，但他们并不缺乏勇气。他们的服装整洁，穿着价值不菲的皮草。饮食简单朴素，举止彬彬有礼。女子落落大方，外表整洁，她们行动自由，随心所欲地在大街上行走。

天津方言主要通过颚部发音，语音有点像瑞士语。他们语速极快，快得让人几乎没有时间去思考他们说的话。尽管这种方言与官话极为相似，但是包含了许多俚语和变体，因而对于只会讲官话的人而言，也很难理解。

当地人的宗教信仰似乎并不坚定。他们不怎么供养僧侣，寺庙也年久失修。僧人服装各异，除了剃过头之外，与普通人并无差别。我时常看到他们登上甲板，乞求人们施舍一点儿米饭，或者通过诵经乞求获得一些钱财。① 但每户人家都有自己的"守护神"，并摆放着各类供品。在进行拜神活动时，当地人甚至比南方省份的人更讲究仪式规范。

---

① 郭实猎在此处对中国宗教的评判有较强的主观性，应该辩证地、历史地看待诸如此类的史实。——译者注

　　我多方打听这里是否有罗马大教堂，但是毫无线索，甚至连罗马教堂存在过的痕迹都找不到。但这里有伊斯兰教徒，我曾与几个穆斯林交谈，他们对自己的教条坚信不疑。从服装上看，他们与周围的其他宗教教徒并无两样，甚至在世俗生活上非常类似。虽然他们人数众多，但从不影响舆论，也从不殚精竭虑地要改变他人的宗教信仰。

　　居民中所谓的"中产阶级"数量不多。只有少数人家财万贯，大多数都是极度贫困的穷人。天津人中很少有人可以被称为真正的知识分子。即使这里工厂出口的产品很少，人们还是兢兢业业地工作，但缺乏有技术的工人。个别织锦厂、粗毛料厂和玻璃厂发展得很好。在这个人口泛滥的地方，政府最明智的做法应当是鼓励移民和开展对外贸易，以此增加就业，同时满足大量人口的物质需求。否则，政府就要担心这些饥寒交迫的百姓起来反抗，消灭那些他们理应尊重的父母官。看到这些人的处境后，我相信他们的生活能够得到很大的改善。由于这些人简单、纯粹，他们更应当期待改革的到来。正如上文所言，天津很适合通商。

　　我们的船员已经安置好各自的货物，拿到全部的薪酬，开始全身心投入到赌博中去。赌博是这个地方流行的一种消遣方式。很多人不输得倾家荡产就不会停手，如今他们只能借钱来买御寒的衣物。每天都有新一轮的争吵上演，有些人甚至为此丢掉性命。他们还沉迷于酒精，那些酒很烈，很容易让人上瘾，最终他们去找那些可怜的女人寻欢作乐。在这种情况下，他们的生活极度悲惨，有的人被债主抓到，有的躲起来，有的便逃债去了。

我们到的时候已经是季末，很多船队正准备离开，所以我们需要缩短停留的时间，防止白河结冰把我们困在这里过冬。10月17日，我们开始沿着河流缓慢前行。在离开天津之前，我收到了很多礼物，寓意幸福安康。很多人依依不舍地为我们送行。一些人的殷切渴求下，我不得不答应他们，如果可能的话，明年会再来。送行的人中，有些人想护送我到京城，还有些人想送我走陆路，从天津前往厦门。我在这里受到了无法言喻的盛情款待。天津人的喜爱和友善或许是对我丧偶之痛的弥补。我也恢复了健康，可以兴高采烈地履行肩上的责任。

我们都裹上了皮草，现在，终于要向辽东进发

了。辽东位于北直隶湾①以北，地处满族边界。由于
天津只通过海上出口大枣，到达那里的商船出售货
物之后，便前往辽东部分港口，在那里投资豌豆和
药品。虽然目前河水的流向对我们有利，但还要花
费很长时间才能到达大沽。我们在大沽滞留了好几
天，等候船长和一位被落下的乘客。其间，港口的
负责人邀请我上岸和他一起进餐，但因天气恶劣未
能成行。许多医生登船向我咨询一些棘手的病例，
并非常谦虚地接受了我的建议。又滞留许久后，正
好赶上北风强劲，我们于 10 月 28 日再次启程，并
带上了一位当地的大副。我们很快穿过 sha-loo-poo-
teen 各岛②，一路顺风抵达位于奉天府的锦州港。这
里距离穆克顿③（Moukden，即满族人的"盛京"）
大约 15 里格。我与几个人谈论起这个地方，他们告
诉我这里和周边其他城市并无二致。这片地区居住
着大量的满人，他们生活安逸，直接或者间接地为
皇帝做事。中国的劳工阶层似乎对他们略存嫉妒
之心。

———————————

① 北直隶湾，即渤海湾。——译者注
② 即位于今唐山市曹妃甸区的石臼坨岛。——译者注
③ 穆克顿，满语，指沈阳。——译者注

附近还有两个港口，分别是南锦（即锦州南部，与北锦港相区分）和盖州。盖州水域广阔、河水较深，可容纳大型船只。锦州港口河水较浅，四周遍布礁石，并且易受强烈的南风影响。船只在离岸几英里之外就必须将货物搬运到驳船上。这里主要出产豌豆、药物和各类牲畜，居民以满人为主，长相和中国汉人无异。福建人也在这里做生意，每年都有大量商船驶往辽东。

由于海浪很大，我们到达锦州后费了很长时间才上岸。我还没下船，我是一名医生的消息就不胫而走，人们都认为我是来行善事的，因此对我以礼相待，并邀请我到一家大商户家里下榻。到夜半，我们才上岸。人们盛情款待，并为我们安排了很好的旅馆。第二天一早，人们蜂拥而至，找我看病的人是我迄今为止见过最多的，因为这里缺乏医生。我立即投入工作，很快获得了他们的高度信任。整片城区，甚至方圆数英里都见不到一个女性，我感到十分惊讶。通过打听得知当地政府为了避免到港船员纵情酒色，将这里所有的女子都转移到了别处。我对这样的安排赞叹不已，尤其是政府能够采取这种措施，有效地阻止各种放荡行径。

锦州并没有多少吸引游客的地方，城区不大，也没有任何美景。这里的房子大都是花岗岩砌成的（这里盛产花岗石），除了一种特殊的睡榻，没有任何专门的卧室。这种睡榻是用砖头砌成的，可以在下面生火，将其加热。

附近的山顶上有一座小庙，周围的低地也有一些其他的庙宇。我参观一处低地上的庙宇，建造风格非常具有中国特色，里面的神像已经变形。我在僧人的书房发现了一本忏悔录，包括许多章节。书中画有许多马和马车，马车看起来很笨重。在这里的骆绒织品很常见，也很廉价。这里的许多居民都是从山东移民而来，他们的方言比天津话更加好懂。他们在交往中很保守，习惯于谦虚地为他人提供帮助。福建人在这里做生意，并掌管着当地的渔业。为我的病人提供各类帮助之后，我给他们分发了生命箴言，并得到了他们的尊重和爱戴。

11月9日本是很愉快的一天，但是夜里风向转变，北风开始呼啸。几个小时之后，河流、溪水都结了冰。天气寒冷刺骨，我不得不一直活动来取暖。我身边的中国人盖着毛毯和皮草，躺在那里默不作声。风越来越大，我们的船命悬一线，而边上那艘比我们装备更加精良的大船被击成了碎片。情况一连几天都没有好转，我开始担心船会被冰封住。岸上的船员为了消磨时间。有些人就买来鹌鹑，看它们斗架来取乐。事实就是，大家对这艘船没有表现出丝毫的担心。最终由于持续的寒冷，我们不得不离开锦州。水手们在岸上耽搁了很久，现在有利的风向已经过去。

11 月 17 日，我们终于上路，沿着辽东崎岖的海岸航行，于次日抵达山东省。不幸的是，这时开始下雪，尽管风向有利，船员还是认为应当抛锚。我据理力争，却没什么用，他们都喊着："先抛锚，进船舱，吸点鸦片，休息一会儿。"第二天，他们不打算前进，而是到岸上去购置燃料。当我们再次上路时，风将我们的船逼到了海岬附近，水手认为最好在海岬旁边的大石岛（Toa-sik-tow 或 Ta-shih-taou）抛锚，因为那里有个很大的港口①。这片地区岩石遍地，无法生产任何粮食，但周边有几个地区农耕很发达，可以提供补给。居民从事药品贸易，但是依然很贫穷。水手不停地往我们船上搬运东西，各个

---

① 即青岛港，大石岛位于青岛港以南，以岛上岩石众多而得名。——译者注

角落都装满了卷心菜等各类蔬菜，甚至连我们用餐的狭窄空间也被塞得满满当当。我反对他们继续往船上装东西，他们回答："我们必须做生意。"

现在是顺风，我想说服他们离岸启航，然而他们直接告诉大副他们不想航行。但经过几番交涉之后，大副终于说服他们起锚。由于风向很顺，我们差点就看不见海岬，这时风向突然转西，船员当即决定返回港口，抛锚。为了加快返回的速度，他们把所有的帆都升了起来。风向很快又转回顺风，但这没有动摇他们返航的决心。他们继续迎着大浪前行，直到风力减弱。然后他们进入港口，上岸，和以前一样，完全不顾风向。现在又变成了顺风。我费尽口舌劝导他们，要求他们出海，但他们回答说："今天不适宜出海。"直到他们在岸上待得厌倦，而且看到其他船队陆续离港，他们才最终决定出发。我们还没航行超过 50 里格，他们再次决定返航，但受到北风的强力阻挠，我们只得沿着海岸线继续前行。

虽然海浪高得吓人，但我们还是行驶到了台湾海峡，看到了来自四面八方的渔船。我从未见过像福建人这么勇敢的渔民。他们四人一组，乘坐一条小船，小心翼翼地在翻腾的海面上行驶。而稍大一点儿的船则一往无前，随时都有被海浪吞噬的风险。以前，这些以打鱼为生的人就是不顾一切的海盗，随意攻击他们发现的船只。政府采取措施改变了这一状况，因此目前台湾海峡一带的海盗掠夺不再那么频繁。

12 月 10 日当天，在历经重重磨难，船帆被大风撕成碎片之后，我们终于看到广东省的一个海岬。我们欢呼雀跃。从广州出发，航行 3 天后抵达汕尾，船长上岸去办理入港许可。

与此同时，我们的船缓慢前行，我让一个朋友陪我去澳门，因为我听说那里居住着很多"夷人"。所有的船员都是同我共患难的伙伴，依依不舍地向我告别。我到达澳门几个小时之后，也就是 12 月 13日当晚，受到了马礼逊博士夫妇的热情接待。

第二次中国沿海旅行记

第一章

我所讲的这次旅行缘于英国东印度公司中国商行委托赴华开拓业务，并考察周边港口，以便日后开业。此行沿途会经过中国沿海、朝鲜、日本及琉球群岛。胡夏米是我们的长官兼押运员，他通晓汉语，对这趟旅途充满热情。我们的指挥官是里斯船长（Capt. Rees），他是一个老水手，也是我们此行的测绘员，迫不及待地想要精确绘制出各个港口的海图。

随船官员中还有一位绘图员，一位有文化的中国人。我是此行的翻译和医生。我们的航船"阿美士德勋爵号"状态极佳，水手们个个经验丰富。

1832 年 2 月 25 日，我们在澳门路（Macao Roads）① 登船，但由于逆风和大雾，直到 27 日才启航。第二天，我们经过老万山航道（Lae-moon passage）。老万山是极佳的锚地，但我们急于赶路，并未停歇。是夜狂风大作，我的船舱进了水。

狂风从东北方吹来，致使我们前行迟缓。到 3 月 5 日，我们到达海丰（Hae-fung）② 地区，在马宫港抛锚。上岸后当地人对我们夹道欢迎，他们似乎很少见到外国人，因此表现得异常兴奋。他们将我们领到家里，端上果脯茶水。这座村镇地域宽广，人口众多。居民的房屋很宽敞，但非常脏乱，他们绝大多数都是渔民。

许多人身患各种疾病，在他们的再三请求下，我们同意给予他们一点儿药物，他们感激涕零。我们还分发了一些基督教书籍，他们从未见过这样的书，显得十分好奇。

翌日，很多人登上我们的船。他们丝毫没有冒犯的举动，反而举止十分得体。不过，一名最低阶

---

① 澳门路（Macao Roads），即珠江口以南、澳门东部沿海航路。——译者注

② 海丰县，今属广东省汕尾市。——译者注

的军官突然出现，让他们警觉了起来。此人极端自傲无知，对船上的一切物件都视而不见。他的一个随从嚷嚷着：他的主人屈尊莅临本船，应得到些礼物云云。见我们无动于衷，他就拿了一支烟斗，一副志得意满的大爷模样，大步流星地走了。

临近傍晚时分，我们离船登上附近一座山。山脚下住着几户渔民，茅屋破烂至极。可是，这里居然还有一座小庙，供奉着一尊神像，插着几炷香。再小的村庄都有寺庙。这里的小块土地被人们精心耕作，在一片贫瘠的乱石当中显得十分耀眼。我们和当地的居民交谈了很久，他们虽然衣衫褴褛，生活极度困苦，却仍然兴高采烈、十分健谈。他们都是客家人，讲的方言比广东省其他地方的方言更接近官话。他们有些人勤于务农，有些人是理发师，还有铁匠和木匠。由于人口过于稠密，他们不得不背井离乡，很多人甚至远赴印度群岛。还有人在邦加岛（Banca）① 和婆罗洲岛（Borneo）② 等地采矿，成为当地主要的矿工来源。在新加坡和雅加达，他们主要从事手工业。他们遍布台湾岛各地，在广东

---

① 邦加岛，今属印度尼西亚。——译者注
② 婆罗洲，加里曼丹的旧称，世界第三大岛。——译者注

省多地也充当理发师或佣工。

上山后，我们眼前的景象瞬间升华了——一望无际的大海十分宁静，附近的村庄在我们的脚下星罗棋布。山脊上种满了冷杉，这是他们重要的经济来源，因为自然形成的枞木非常罕见。此外，由于人口众多，燃料也在迅速减少。

我们在澳门时常遇到大雾天气，到了这里之后浓雾依旧如影随形。3月9日，我们抵达甲子（Kea-tsze）海湾，当地居民热情地接待了我们，一位非常聪明的年轻人很快就跟我们打成一片，并主动给我们做水手。我们本打算到镇上的小河边去，但被两位严厉的战船指挥官制止了，他们的两艘战船就停在旁边的小海湾里。那位年轻人一开始在我们船上，要不是我们让他躲进本地人的船里，然后赶紧驾船远离的话，与我们这些"夷人"待在一起，他恐怕要受到严惩。那两艘战船的指挥官是福建人，他们不允许我们超过两个人登船。交谈中，他们对我们擅自进入河道横加斥责，说这会令他们受到严惩。他们和战船上的很多水手一样吸食鸦片成瘾。

当天下午，我们走访了港口附近的几个村子。远远看去，景象十分浪漫：砖砌的房子矗立在高大的树下，在阳光的照射下树影婆娑。但走近一看，美景荡然无存。房子周围遍布粪肥，臭气熏天。房屋没有任何装饰，肮脏不堪。道路狭窄，整体毫无规划，十分不便。从四面八方涌来的人群一路跟着我们，其中年轻人居多。男孩随处可见（女子们都被限制在房间里，裹着小脚），他们将我们团团围住，对着我们大喊大叫、欢呼雀跃，以此表达他们的喜悦之情。我们散发了几本书，他们非常兴奋，只是很奇怪我们为什么会有中文书籍，而且竟然"免费且无价"。当地海岸遍布凸出的岩石，令人印象深刻。我们沿着海岸一直走到一处旧的碉堡跟前。碉堡的围墙部分是用巨大的岩石所建，足以抵挡猛烈的炮击。附近的一处峡谷中含有大量矿酸。

翌日天朗气清，我们前往甲子湾右侧进行一次短途旅行。那里有一片巨大的盐场，在架高的泥床上让海水挥发，然后将其煮沸，直到纯盐结晶析出。食盐垄断是天朝最重要的收入途径之一，盐商们往往富甲一方。可是，虽然盐场的垄断由特定官员负责监管，却常常欺压穷苦百姓，给国家造成巨大的负担。

当地人在干涸的土地上种植甘蔗，这时已经到了收割的季节。这里的土壤含沙量很大，因而适合种植的农作物十分有限。然而，就中国的农业而言，即便是最贫瘠的土地，人们也能种出庄稼来，虽然农民不见得多么富裕，却能够自给自足。我们四处走了走，后来走到一座桥边，在这里我们还是第一次见到桥。桥的两边没有栏杆。过了桥是一座寺庙，几位老者在那里等着我们，一脸严肃地询问我们国家的情况。这里同样十分肮脏，臭气熏天，令人无法忍受。大群人围着我们，我们也无意抱怨他们的粗鲁，或缺乏尊敬。

尽管官府严厉禁止，我们还是来到河边。河中央有一块石头，上面雕刻着海神的画像。几艘官船过来追赶我们，但一直没追上。岸边的人急切地邀请我们到甲子镇（Kea-tsze）去，但我们考虑再三，还是觉得不要上岸最好，以免让当地人因为我们的到来而惹祸上身。

3月17日，我们再次被迫在神泉港（Shin-tseuen）抛锚。附近的乡镇土地肥沃，种着小麦。当地人非常贫穷，饱受皮肤病折磨。我们驶入水湾，左岸就是神泉。其中一条支流向西流去，不远处是一座名叫赤洲（Shih-Chow）的村子。入口处的碉堡中驻守着几位年迈的官员，急于让我们返航，几个低级别的官员向我们不停地示好。我问他们为什么不允许我们在人类共享的土地上行走，他们回答说："因为大清的律法不允许。""政策法令应讲求公平合理，这种违背天理的律法，有什么公平合理可言？""没有。"他们说。"百姓很高兴地接待我们，你们却不分青红皂白地制止他们与我们交往，这又是为什么？"他们没有回答这个问题，只是询问了我们的名字和船名。我们总是竭尽全力与人们交好。由于中国人并不像外国人普遍认为的那样孤僻厌世，我们至今仍在继续努力。虽然我们只在这里短暂停留，但当地人与我们的交往却已经成为永恒的事实。

22日，我们靠岸，发现周围全是礁石，在这里抛锚并不安全。岸边是一大片沙地，植被稀少，只生长着几丛野生的菠萝。我们穿过沙地时，感觉就像来到了阿拉伯的荒漠。山上有一处堡垒，看到我们走来，几个士兵赶忙关上身后的大门。堡垒外面的围墙很薄，看起来轻轻一推就全部坍塌了。

荒漠不远处就是当地人住的地方，他们很快听闻我们抵达的消息，一大批人涌上前来给我们赠送各种物资作为给养。盛情难却，我们穿过一条荒凉的小道，最终到达他们的村子康来①（Kang-lae）。
这个村子很大，靠近一处水湾。水湾水流很深，一
直延伸至内陆。当地人见我们到来便喜出望外，他
们既好奇，又想卖给我们一点儿手工艺品挣点小钱。
但化粪池中散发的恶臭实在过于刺鼻，我们不得不
迅速撤离。这里有人从事制糖产业，我们去过的许
多地区都将蔗糖作为主要的出口物，其中大多位于
北方港口。这里到处人满为患。尽管统治者默许广
东和福建两省的男性人口迁徙，却从不允许女性离
开家乡。然而，大多数移民孑然一身，放荡不羁。
若有幸积攒一点儿钱财，便很快返回老家享福，当
地的财富和人口便因此而大量流失。这样一来，中
国的城市就很难发展到应有的繁荣程度，遑论吸引
更多人口。别的国家都在想方设法帮助城市发展，
而中国政府却在孜孜不倦地进行反对和阻碍。政府
公文中提到最多的是天朝帝国的伟大变革和福泽万
方。如果中国政府真正的目标是实用的美德，而不
是盲目的夸耀，那么这一点可以在婆罗洲岛（Bor-
neo）、林加岛（Lingan）和勿里洞岛（Biletou）等

---

① 具体位置暂不可考，此处采取音译。——译者注

地的丛林中得到体现。

连续多日阴雨连绵之后，终于迎来一个晴天。持续数小时的顺风，将我们带到濠大（How-ta）①，我们就在这里抛锚。这是南澳附近一座颇具规模的村庄。我们看到许许多多的小船停泊在澄海县。这里贸易发达，条件便利，当地政府通常对过度膨胀的人口采取放任政策，因为如果不允许他们自由经商，或者离乡开拓海外领地，就非常容易引发叛乱。这片地区都属于福州府（Fuh-chow-foo）②，澄海县好像也不例外。它们向外输送大量拓荒者，这些人不惧危险和劳累，在异乡的土地上勉强维持生计。他们每年还要拿出部分血汗钱来接济自己家乡的父老，其间经历的各种艰辛令人难以置信。一名诚实可靠的男子被指定负责收集每个移民要寄回家乡的钱财，并将其公平地分配给受赠者。金额总数通常会提前记录在册，并从其中抽取一定比例作为这位专员的报酬。他上船之前，大家为他设宴践行，然后他便带着人们的所有美好祝愿登船出发。专员返回家乡后，会立即受到急切等候的乡亲们的欢迎。

———————————

① 此处应指位于今汕头市濠江区的达濠古城。——译者注
② 此处应为潮州府，系作者误记。——译者注

带回的数额一般会很大，有时会带回超过 6 万元的钱财。尽管在确定担负这项重托的人选时已经足够小心，携款逃走的情况还是时有发生，而那些等着接济的穷苦家庭便因此陷入饥荒。虽然个别中国人的高尚品德令人称颂，但很显然，并不是所有人都这样。同时必须承认，他们与家族亲人的感情非常浓厚，任何时间和距离都无法阻挡他们关怀留守家乡的亲人。但凡身上有一枚铜钱，他们都会寄回家里。为了省下这点钱，他们宁可自己挨饿。确实，他们往家里寄送信件永远会附带礼物，假如没有礼物，他们宁可不写信。这些人中也不乏骗子，他们离开中国从事广泛的商业投机活动，获得信誉并积攒钱财之后，要么一走了之，要么锒铛入狱。

一般来说，移民到外国的这些人境遇是比较悲惨的，他们抵达海外地区时，经常缺衣少食，有时甚至连一天的饭钱都负担不起。有时没钱支付离家的路费（通常为6—12 元），只好将自己抵押作为奴隶，请人代为付款。他们可能因此落入敲诈勒索的陷阱，为他人充当奴仆超过一年。大量运输移民的船只令人想起非洲的运奴船。甲板上全是人，病弱者也暴露在恶劣气候下，因为甲板下全是货物。他们吃的是干粮，水是配给的。当路途遥远时，粮食与饮水经常不够，很多人因此活活饿死。一到目的地，他们饥不择食，扑向印度的野果，很多人因此死于痢疾和寒热。当地的气候令他们愈加羸弱，可是很多人很快就恢复体力，开始艰辛的劳作。他们来此目的是为挣钱，可往往一分钱都很难挣着。他们期盼着富足的生活，却常常连生计都难以维持。很多人因此成了小偷和赌徒，以满足自己贪婪的欲望。这也不足为奇，因为那些背井离乡的人们很容易误入歧途而道德沦丧，他们宁可冒险为之，也不愿悬崖勒马。

3 月 27 日，我们在南澳岛附近抛锚。第二天，我们决定去造访此地停泊的一艘战船。船员们边喊边挥手，要求我们立即下船登岸，去面见他们的长官。但是，我们顺利登上一艘从台湾开来的大型运粮船，乘着一股巨大的东北风（这种风在台湾海峡很常见）驶离此地。船长似乎理解什么是真正的礼貌，当战船指挥官谴责船长接待我们时，他只轻轻地回应道："我怎能违反待客之道呢?"他很快就让一个叫嚷的官员安静了下来。

此后我们乘小船进入城里，但由于当地官员下令严禁与我们来往，我们并没有像起初设想的那样等待太久。他们意识到自己的弱势，总是担心一旦完全解禁，野蛮的夷人会不受管制。

城东的一个岛上有两座碉堡，附近还有一座小碉堡。从岛上俯瞰，城区景色十分浪漫。这座城市是清帝国重要的海军基地之一，此前南澳岛常有海盗出没，劫掠来往的各地船只，因而这里修建了许多堡垒。不过，这些碉堡现在几乎完全废弃了，就像天朝的所有军事防御一样颓败。我们登上了一座名叫白山岗（Pih-shan-gan）① 的小山，这里风景如画，四周到处是村舍和麦田。山上有条小溪蜿蜒而下，汇入村庄附近的大海。这里的人们都躲着我们，因为附近全是官差。

我们业已驶离广东海岸，进入福建水域。映入眼帘的同样是裸露的岩石和贫瘠的土地。尽管我们示意给予厚礼，四周的渔民也不敢靠近我们。我们在四岛②（分别叫虎、狮、龙、象屿）的西边和一处多孔岩石附近抛锚。随后我们在沃角（Gaou-keo）

① 具体位置暂不可考，此处为音译。——译者注
② 即龙虎狮象屿。位于今福建省漳州市东山岛南部海域。——译者注

村登岸。这是一座半岛①，住的全是渔民。我们登上
小山，眼前是各种石头，还有裸露的地层。当地人对
我们十分礼貌，但也十分警觉，避免与我们有过多来
往。他们询问我们坐的是什么船，来自哪个国家，我
们从交谈中得知，他们此前也跟欧洲人打过交道。

　　这里的岛屿荒芜程度无以复加，但较大的岛上
还是住了许多渔民。以前，大部分岛屿被海盗占据。
他们都是福建人，来自同安地区。他们的船主一般
住在厦门或台湾。大量的水手被官差逼得铤而走险，
剩余的都成了毫无价值的游民。虽然中国人普遍待
人宽厚，但这些人却自甘堕落，麻木不仁，犯下的
罪行令人发指。与官府舰队交手，他们经常取胜，
因为他们的水手大多是精英，而官府的船队上大都
是饿得半死之人。他们来自社会底层，毫不在乎什
么军队荣誉。海盗猖獗曾一度威胁到沿岸贸易，若
沿海贸易被迫停止，经由天津进入首都的商道便会
就此中断。海盗首领向商船发放通关文牒，从而彻
底攫取了海港的指挥权。但这样一种破坏性的体系不
可能长久。很快，衙门许诺给海盗首领加官晋爵。首

---

①　即东山岛。——译者注

领们接受请求，许多人自此成为著名的海军将领，也有个别人被朝廷处死。

海平面似乎在倒退，因为现在这些人所处之地，十年前乃是一片汪洋，如今地面正在不断拓宽。离渔村不远处就是漳浦县（Chang-poo-heen）。我们只能远远地看出那里地域宽广，因为时近黄昏，我们当天无法抵达。当地人对我们的货物表现出强烈的好奇心，还尖刻地抱怨官府强制执行排外的律法。"若能得允，"他们说，"与你们互通有无，岂不快哉！但我们总是被禁止遵从自己的内心！"

第二章

耽搁多次之后，我们终于抵达厦门。厦门城坐落在一个大岛屿上，左边靠近海湾，深深地钳进这片土地，形成众多岛屿。厦门城很宽阔，至少容纳20万居民。厦门城所有的街道都很狭窄，分布着很多寺庙，富商拥有其中一些豪宅。厦门良港的美誉使得这座城市自古以来就是中国最繁华的商业中心之一，也是亚洲最重要的市场之一。船只可以紧贴着房屋航行，以便轻易装卸货物，船舱可以抵挡四面八方的来风，在进出港口时，没有搁浅的风险。周边所有地区都是不毛之地，迫使居民寻求其他谋生手段。他们天生富有进取精神，孜孜不倦地追求利益，他们走遍中华帝国的所有地区，逐渐成为勇敢的水手，并在沿海地区定居行商。因此，他们把台湾作为大后方，从那时起至今，台湾一直是他们的粮仓。他们还到访印度群岛、交趾支那和暹罗，并在那里定居。人口的持续增长需要源源不断的资源来维持生活，而他们通过海外拓展找到了这种资源。一旦积累了足够的金钱，他们就会返回家园，当所有的钱花完后，他们又会离开。

越来越多的男性背井离乡，在很大程度上破坏了家庭幸福。他们有个习俗，就是女孩不被重视，甚至男孩享有更多的父母之爱。他们的出生被认为是一个家庭中最伟大和最幸运的事件之一。他们受到高度的珍视和溺爱，如果父亲去世，儿子对母亲便拥有一定的权威。此外，拐卖妇女也很常见。这些令人厌恶的事件是反人类的，其细节更是令人发指。

厦门曾经是各国船只和游客前来度假的胜地。荷兰人的贸易持续了较长的时间，但当他们失去在台湾的影响力之后，就忽略了这里。西班牙人至今仍有名义上的贸易许可，但他们更愿意把船驶到澳门。他们每年对从厦门和上海前往马尼拉的中国船队进行报复，向他们征收比自己在厦门支付的更高的关税。这使中国人对他们感到不满，推动了走私活动，极大地阻碍了贸易。

我们约在三点钟抵达厦门港。我们刚刚抛锚，就有一艘官船向我们靠近，其中一个船夫高兴地喊道："哦！他是个商人！"这时一个年轻人走过来，向我们展示了一份由高官送来的文件，想让我们汇报"我们从哪里来，进入港口有什么目的"。同时，他邀请我们参加第二天在主人家举行的招待会，在那里我们将见到水师提督①。不久，两名头戴金色顶珠的官员来访，也让我们汇报。他们后面还有两个人，一个是蓝色顶珠，另一个是白色顶珠，神态非常拘谨。一位隶属于厦门海关的老人，与先前的人们比性格完全不同。他非常坦率地告诉我们，这是我们能参观的最好的地方，因为这里住着最富有的商人，会很乐意与我们开展贸易。

4月3日，几艘船在我们周围停泊，以阻挡当地人登上我们的船。一些渔民向值勤的官吏行贿，才得到上船的许可。

在进城的路上，我们遇到一块巨大的岩石，上

① 即时任福建水师提督陈化成（1776—1842）。——译者注

面刻有铭文，但我们离得太远，无法确定其内容。在上岸之前，一位头戴白色顶珠的官员乘船来到我们面前，他曾上过我们的船，并向我们表示过关注。他对自己的突然出现表示歉意，并主动提出担任我们的向导，带领我们游览这个未知的地方。他显然是受上级指派来阻止我们登陆的，但他觉得这个命令没有用，因此只字未提。我们在周围走了一圈，看到许多商店精心陈列着生活必需品和奢侈品，这在一个几乎没有任何自然产品的地区是很难想象的。难以忍受的恶臭和拥挤的人群使我们无法靠近。我们走访了几位可敬的商人，他们对我们体贴入微。如果不是因为官吏在场，令他们胆怯，我们可能已经成为生意伙伴。沿途坐落着许多豪宅，彰显了住户的富有。一支军队护送我们，使得我们参观途中非常尴尬，而指挥官却一再向我们保证，这只是为了保护我们。我们对此表示反对，因为人们对陌生人很友好，并对我们的来访表现得非常高兴。官员回答说："这是上级的命令，我自己也无法解释，但明天再来，你们将享受更大的自由。"

随后，我们沿着入海口航行。在入海口，我们发现水深有 6—10 英寻，以便大型船只能在城市对面停泊。港内共有约150艘船，其中许多正在船坞中维修，船坞的设施非常齐全。每天还有大批运载大米的船从台湾来。虽然大米供应充足，却非常昂贵，在我们离开后不久价格就飞涨。在入海口的更远处是浅滩和许多高于水面的岩石。

4月4日，之前的几位官员再次到访，他们告诉我们不必再等，必须立即离开港口。与此同时，我们收到一份来自水师提督的公文，其中包含了一份帝国的诏书，是在嘉庆廿一年（1817）发布给福建省和浙江省官员的。他们不允许野蛮人的船只靠近这两省的海岸，不允许其停泊片刻，要立即将其赶走，并且不允许纵容民众上船。

当我们告别这个善良的民族时，我们深刻地意识到，他们从对外交往中获益良多，但苦于这种交往总是被禁止。看到这么多理性的人处于极度无知的状态，是多么令人痛心啊！一个不重视任何精神进步的政府是不值得称赞的，无论其宣扬愚昧的法律会带来多少暂时性的好处。每个坦诚的读者都会同意我的观点，即任何政府都无权隔绝其臣民任何的对外交往。与生俱来的权利是任何人类禁令都无法摧毁的，世界各国之间相互交往的权利就是其中之一。

临近中午时，我们乘船出发，向提督提交我们的请愿书。在我们前往寺庙的路上，我们遇到几队穿着虎皮制服的士兵，其中有些人没有鼻子，有些人只有一只眼睛，更多的人则是老态龙钟，憔悴不堪。他们的军官身着整齐的制服，手持弓箭，衣着华丽，与士兵形成鲜明的对比。寺庙隔壁的一个大厅里，我们见到了水师提督和金门的总兵，金门是附近的军事基地之一。我们在他们面前鞠躬。在递交请愿书后，他们要求我们返回庙里，等候答复。那位姓王的小职员成为我们的传信人。我们请求从商人那里购买食物，但遭到拒绝。那位提督并不算是我们的敌人，更像是我们的朋友，他同意我们委派一个人担任采购员。

晚饭后，我们绕着厦门对面的一个岛游览了一番。周围的所有地区都遍布荒芜的岩石，只有一些可以耕种的山谷，生长着一些马铃薯。当地农民精心耕种这片山谷，获得了丰厚的回报。这里景色迷人，沿着中国海岸线有一条起伏不平的山脊，非常壮观。我们经常从山顶凝视脚下的大片土地，我情不自禁唱起歌——

哦，黑暗的山丘

看，我的灵魂，静观其变

所有的应许都在

为荣耀的恩典之日而努力：

有福的禧年

让荣耀的清晨来临

下午，我们登上厦门周边最高的一座山峰①，欣赏壮丽的景色。港口的岛屿，后方的金门（Hin-mun），以及所有的山丘和山谷，坐落其中的村庄和城市，都一一展现在我们面前，为我们提供了一次最美的享受。

尽管厦门人在各方面都非常理性，但他们在国内外到处建造华丽的寺庙。厦门人建造寺庙，主要是为了纪念"天后"妈祖婆。他们把财富的增长归功于妈祖婆的祈祷和保佑。他们的神像崇拜堪与罗马人相媲美，而且在航行获利或成功躲避风暴之后尤为虔诚。

无论我们走到哪里，那些官船都跟在后面，保

①　即云顶岩，厦门岛上最高峰。——译者注

持着"恭敬的"距离，却很少会跟随我们一同登陆。因此，我们获得了与当地人交谈而不受打扰的特权。今天我们分发的书册比平时多。他们起初很谨慎地接受这些书册，看到我们没有要求任何回报，就毫不犹豫地接受了这些书，并表示感谢。

今天，一个水手意外来访，他声称是我的"朋友"。他曾在满洲里见过我，为他的兄弟讨要了一些药物，使其恢复了健康。他急于表达自己的感激之情，请求官方允许他上船。官吏批准的条件是他成为我们的买办。他用最生动的语言描述我们的意外出现在官吏中引起的恐慌。我们给了他一份所需物品的清单，他非常迅速地采购了这些物品。我们无法解释，为何低级官员被禁止与我们进行任何多余的交谈，或许是上级担心他们会被我们的言论诱骗，从而支持我们。

4月6日。这天我收到高级别官员求药的信件，他们深受"瘙痒"折磨。在当天的旅行中，我们返回时受到一支军队的护航。这些士兵对我们火枪的奇特结构感到十分惊奇。当我们询问此次护送的原因时，他们再次告诉我们，这只是为了保护我们不被民众伤害。

4月7日。我们上路。我无法忽视这座城市的一些细节，这是福建最著名的商业中心，也是亚洲最大的商业城市之一。这座海滨城市的港口非常优良，可以容纳最大的军舰。当地人似乎是天生的商人和水手。这个贫瘠的国家只为少数人提供了就业机会，更多的人被迫离开自己的家园，要么去印度群岛谋生，要么就在家乡的海岸边以捕鱼为业。他们无论在哪里工作，都很少有人处于赤贫状态。相反，他们往往很富有，并通过自己的资本及其卓越的开拓精神和产业技术来掌控整个岛屿甚至全省的贸易。他们对自己的故乡有着强烈的依恋，一旦获得了点财产，就会立即返乡或者往家里大量汇款。定居在中国北方的许多商人每年都会携带挣到的钱财返乡。因此，大量的中国船运属于厦门商人，沿海贸易中使用的大部分资本是他们的财产，这也就不足为奇了。因此，在居民的努力下，这片贫瘠的土地成为中国最富有的地方之一。考虑到其地理位置、富足程度和各种中国出口的产品量，这里无疑是欧洲商贸的最佳港口之一。早期，葡萄牙人在这里进行贸易，荷兰人紧随其后，英国人长期在这里设立商行，而西班牙人至今仍拥有名义上的权利来这里经商。

贸易停止的原因与其说是皇帝的禁止，不如说是商家受到巨大的敲诈。商业的恢复将对从事贸易的国家和中国人产生最有利的影响。

当地人的性格特点是大胆、傲慢和慷慨。考取功名不是他们的目标，但他们一般都会学习算数和记账。他们的语言与官话差别很大，我们必须像学习拉丁语一样努力才可以学会这种语言。在交易中，他们以诚实著称。他们虽然不断地追求利益，但并不吝啬，而且非常热衷于树立一个公正的形象。他们喜欢与陌生人交朋友，只要在政府管辖范围之外，他们总是自由地与他人交往。移居海外某些国家的厦门人经常被那些国家委以重任。在他们的后代中，有个人曾在18世纪中期登上暹罗的王位。我认识此人的儿子，他后来成为一名医生，而不是国王。尽管他放弃了王位，但是他拥有王室的美德，而且非常贤明，不会成为一个篡位者。他非常聪明，相较于皇室的盛宴，他更喜欢安静低调的生活，因为一个外国人登上王位会遭到举国的不满和愤慨。

4月9日。在一次不成功的尝试之后，我们上路了，随后抵达澎湖列岛，将船停靠在西秀①，一个非

————————

① 澎湖列岛中的一座岛屿，具体位置有待考证。——译者注

常贫瘠的岛屿。这里岛屿众多，大小各异，都极度贫瘠。由于拥有良好的港口，它们成为不断往返于台湾和大陆之间船只的避难所。由于在大半年时间里台湾海峡都会遭遇强烈的东北风，如果无法在这些岛屿中找到避风港，许多船只一定会迷失方向。

我们上了岸，那里很多人在观看一场戏，是一个船主出资举办的。从外表看这个村子很破旧，但村里的房子都是用花岗岩建造的，非常牢固。我们登上一座山峰，后面跟着几个人，装扮是商人的样子，他们向我们提出非常新奇的问题。我们惊讶地发现，在岛屿的最高处有一座灯塔，这在所有的中国沿海地区都不常见。

第三章

4月11日清晨，我一醒来就发现自己已经靠近台湾岛海岸。早在荷兰人在岛上建立据点时，台湾岛就很出名了。如今，这个小岛成为福建的粮仓，盛产稻米和蔗糖。同时，台湾产的樟脑也远近闻名，出口欧洲各个地区。岛上有一条横贯全岛的山脉，山脉以东的部分地区属于当地原住民的管辖范围。据说这些原住民性格温和，但是一旦惹怒他们，他们就会变得冷酷无情。因为我们没有亲眼见过他们，所以只能转达一些传言。岛上经常发生暴乱，极大地阻碍了台湾岛的繁荣发展。就像我之前提过的，这里的外来人口主要是福建人。富饶的台湾对外贸易非常繁盛，但主要掌控在福建商人手中。他们通过收稻田和种甘蔗积累了大量资本。严格来说，没有任何一艘船属于该岛，所有船只都是厦门商人的财产。

基督教在早年荷兰侵占时期传入台湾。多位荷兰教堂的神父当时充满了改革精神，来到台湾传播福音。他们将多本基督教书籍翻译成台湾方言出版，这些书一直保存至今。从皈依的人数来看，他们确实取得了巨大成功。雅加达的牧师后来也开始效仿，考虑首先派谁前往台湾。通过研读传教士撰写的简短记录，我们很遗憾地发现这个岛屿几乎没有留下任何真正的福音传播痕迹。我们竭尽全力验证其准确性，但发现无人知晓这些事实。

我们随后登岸，一览整个海岸的景色。岸边的土壤看起来完全是冲积土。海水退潮很快，很多良港现在连小船都无法进入。台湾一直缺乏良港，即便是京城来的船只也只能在离岸很远的热兰遮城①附近停靠。但随后由于地面大幅抬升，沿岸出现了大面积的浅滩，通向热兰遮城的水路也因此变得艰险。

---

① 热兰遮城，今安平古堡，始建立于 1624 年，是荷兰人占据台湾时的行政中枢。——译者注

我们到访的地方被称作"海丰港"①，只有几艘小船停靠在岸边，退潮之后水深还不足两英尺。土地是一片黑沙，目之所及，没有灌木，也没有草地。马车有轮子，但没有辐条，由水牛拉着涉水将货物运到船上。村庄很贫瘠，只住着一些商业代理人，他们的家都在内陆地区，距离海岸有两天的路程。他们也做出口大麻的生意。我们看到几个代理人或是官员住在这里，负责监管出口事宜。这里的村民虽然与欧洲人没有任何交集，却对我们的船舶和国家充满好奇心。他们的问题都很恰当，只要没有得到满意的回答，他们就会一直问下去。同时我们也对岛上，尤其是港口盛行的挥霍之风扼腕叹息。

几个当地人还动身去招徕住在嘉义地区的商人来这里做生意。这个地区的首府是一个非常大的镇子，一条小河从镇子下面穿过，经由海丰港汇入大海。海丰港的纬度是 23 度 38 分，经度为 120 度 21 分。我们等了商人两天，但他们还是没有来，最后看到官员带着茶和水果等礼物上了船。通过确认我们货物的价格，当地人试图给我们希望，让我们觉

---

① 海丰港，清代台湾西部港口，位于今云林县麦寮乡附近。——译者注

得他们愿意交易。但由于我们不能在如此恶劣的锚地继续等待下去，就只好起航离开了。

4月15日，我们险些在莆田地区的南日岛（Nan-jih）① 附近被海浪冲上岸。这里的港口停靠着几艘船只，我们登船拜访，当地人建议我们前往位于江南的上海，说那里可能会有我们需要的贸易市场。他们说那里的人很健谈，还担心我们的货物卖不出去。因为当地人饱受饥荒之苦，他们便认为"怎么会有人能买得起布呢?"

4月16日，我们进入海坛航道。航道位于福建海岸和海坛岛之间，周边小岛多如迷宫，而且布满礁石。我们差点撞上礁石，历经重重险阻才侥幸逃生。几艘船通过了航道，只有个别小船敢于再次从这里航行。我们在万安（Wan-gan）② 抛锚，恰好一艘渔船从我们身边经过，起初渔民不敢带我们上岸，但最后我们答应帮他们卖鱼，这才说服了他们。他们向四周看了两眼，担忧立即就消失了，也开始松口与我们交谈。他们之所以这么惊奇，是因为他们

---

① 南日岛，位于莆田市东南方向，今隶属于福建省莆田市秀屿区，距离台湾新竹72海里。——译者注
② 万安村，今属福州市福清市。——译者注

没有见过结构如此精巧的货船。他们一般都会惊叹道:"这些人是什么人!"进入船舱,他们被其内饰和地毯深深震撼。他们的惊奇程度简直超过太平洋岛的那些原住民。他们立即招揽顾客,将我们船上的货品抢购一空,随后飞奔回家向家人描述他们所看到的新奇事物。

4月17日晚,我们听到枪声,证明一艘战船正在靠近。一大清早,我们就迎来了一位海军军官——一个年迈、愚蠢的瘾君子。他举止粗俗无礼,甚至带有挑衅的意味。与他同行的一位官员头戴水晶顶,向我们解释说将军是由于过量吸食鸦片才变得神志不清。他们要是不做解释,我们对于他的愚蠢行为和粗俗言语还真有些手足无措。这位低级别官员向我们保证,他会为我们招徕买家。

我们停靠的小岛旁边有一座金坛城(Chin-tan)①,大部分已经成了废墟。我们登山远眺四周风景,山顶是一块平地,还有一些石头,上面刻着我们不认识的文字,看起来有数百年的历史。居民在每一寸沃土上精心耕作,我们不由得感叹他们梯田

————————

① 万安所城,始建于明代,清顺治年间,因清廷下令"迁海",城内居民全部内迁,故郭氏抵达时已成为空城。——译者注

种植技术的高超。这座城市面积广大，但由于海盗
猖獗，人烟稀少。我们只看到几家店铺，并散发了
书籍。岸边就是城市的入口，这里有一座约70英尺
高的金字塔状建筑①，由花岗岩整齐堆砌而成，建于
明代。我们越往里走，就越发感叹其设计之精湛和
结构之稳固。前面是一座古寺，早已破败不堪，里
面有许多残缺的佛像，黑脸黑头发，非常具有暹罗
特色。

　　下午，我们拜访了那位早上登船的年轻官员。
他刚刚吸完鸦片，整个人浑浑噩噩，早已忘记了帮
我们寻找买家的约定。他乘坐的战船就像一个瘾君
子的吸毒窝点，所有的船员都在效仿他们高贵的长
官，完全沉浸于毒品之中。他告诉我们，早在一百
年前就已经有我们的船来到这里进行贸易。他的谈
话中充斥着过分的礼貌，同时他的言辞整体上表现
出缺少道德原则。与我们的船相比，他的船外表十
分破旧，他似乎因此感到一丝羞愧。他还有几门由
铁铸成的大炮，残破程度无法言喻。

　　几个急于登船的商人被官船驱赶着，但很快便

---

　　①　即万安祝圣宝塔。——译者注

逃脱了。我们回到船上，发现商人乘坐的船已经启航。在我们回来时，我们看到官船拖着一艘渔船前行。随后我们才听说这些官船逮捕了一批穷人。这令我们感到万分羞愧，这些可怜的村民被捕的原因竟然是和我们走得太近。毫无疑问，这些可怜的人会受到严重的惩罚，我们很遗憾没能救出这些穷人。晚上，官府的战船一直在开炮，还向我们射出火箭。于是我们如数奉还，还取得了不错的效果。

4 月 18 日，海面一直非常平静，但我们仍处于群岛包围之中。航道曲折复杂，又没有地图指引，这让我们的处境变得十分危险。我们的船尾在 3 英寻的水深处搁浅，这让我们一时不知所措，于是就在一个渔村对面抛锚。我们拜访了当地居民，他们起初有些害羞，发现我们没有恶意后，他们便不再生疏。他们详细观察我们鸟枪的结构，发现和他们的火绳枪完全不同，他们非常惊讶，还将其误认为吸鸦片的烟管。这里的人极度贫穷，却又十分好客。他们邀请我们到看上去很肮脏的农舍，吃些简单的早餐。

我们用稻米与他们换鱼。他们很久都没有见过这么多稻米，对此感到既激动又兴奋。炊烟从四周冉冉升起，他们以微薄的代价换得了一场盛宴。

4 月 19 日，今天海面非常宁静，我们百无聊赖，只能等待起风。与此同时，几艘渔船靠近，想用鱼换取我们的粮食。交易完成后，渔民们为这笔划算的买卖扬扬得意。但是他们在回家途中遇到了官船，于是他们的船被拖着前去面见将军。我们十分担心这些渔民会因为与"夷人"来往而遭受严厉的惩罚。

有人送来一份请帖，上面用礼貌的语气问候我们，并邀请我们上岸。我们原以为会见到某位身份显赫之人，因为他敢于冒险邀请陌生人会面，但过去才知道是一位当铺老板。他对我们的到来十分重视，好像迫不及待地要通知官府。但他待人彬彬有礼，无微不至。我们今天非常高兴，终于走出了那个狭窄的航道，来到了宽阔的海域。

4 月 21 日，我们登上福州港口不远处的白云山岛（Pih-keun-shan）①。令我们惊讶的是，这里的土地异常肥沃，因为迄今为止我们所见的都是贫瘠荒芜的土地。但是，当地居民并没有充分利用这片沃

① 即琅岐岛，位于福州市东部的离岸岛，岛中部有白云山。——译者注

土来种植粮食，而是将其作为牧场来放羊。当地人居住在破旧的农舍，看上去十分破败。看到这些当地人，我们不由得联想到海盗的形象。他们的语言不同于我在其他任何地方听到的方言。然而，他们能进行简单的书写，因此我们之间可以有效地沟通。这里没有女人，也没有任何可以将他们与原始人区别开的文明印记。

我们在向福州进发的路上，遇到多艘战船。毫无疑问，他们是前来搜寻我们的。恰好我们的望远镜正对着其中一艘船，让船员顿时惊慌失措，他们跑下甲板，在确定摆脱危险之前一直不敢露面。

我们抵达福州港。由于到处都被黑暗笼罩，我们无法看清港口的标记。但我们聪明的大副最终还是带领我们安全抵达。这里是欧洲人最大的茶叶供应地。

种植茶叶的山峦遍布四周。当地稻米无法自给自足，但木材、竹子、茶叶的出口总额大幅超过稻米和棉花的进口额。整个地区非常具有浪漫气息。连绵起伏的山脉，部分裸露着，部分被耕作成了梯田，一直延伸到山顶，风景如画。河流一直延伸到城区，河道宽阔，利于航行。这里没有古老的建筑遗迹，只有各类中国农业技术和工艺集中展示。河流两边风景优美，鳞次栉比坐落着许多村舍。以前荷兰人就是在这个港口进行贸易，但没多少人记得了，因此，我们的出现让当地人大惊失色。河流的入口坐标为北纬26度6分，东经119度55分。我们刚一抛锚，附近的村民便围上来。他们没有向我们询问琐事，而对我们货物的价格十分感兴趣，并邀请我们去他们村里。肥沃的土地上种植着小麦，裸露的岩石，开阔的沙地，这些都令我们对这片地区印象深刻。我们在他们的房子里与他们长谈，主要讨论交易的问题。他们接过我们的书，发自内心地感到快乐，并马上认真地读了起来。参观完村子之后，我们准备返回船上，这时一位商人急忙拦住我们，邀请我们与他一起进餐。这顿饭是他专门为我们准备的，在公开的会客厅举行。于是我们与一大群人一起享用盛宴。看到我们来做客，他们的喜悦之情溢于言表。与这群热情的村民在一起我们感到非常开心，他们并没有像官员那样把我们当作敌人看待。

4月24日，由于不清楚福州的情况，我们开始到处探索。自西向北走，第一个引起我们注意的是一艘停泊在海湾的战船。截至目前我们没有受到他们的骚扰，我们也期待能够摆脱他们。河岸美丽的景色使我想起了德国的莱茵河，岸边农舍遍布，生机盎然。我们来到第二条河的入口，这里河水更浅。在两条河的交汇处坐落着一个村庄，村口是花岗岩砌成的河堤，两岸有几座废弃的堡垒，很明显没有士兵驻守。对面官员刚刚发现我们，马上喝令我们返回，看到我们没有采取任何行动，他们便敲锣打鼓，试图恐吓我们，但我们仍然无动于衷，他们就派出船只驱赶我们。但是这些官船根本赶不上我们，最后他们只能放弃追赶，返航了。刚穿过闽安河（Min-gan）① 狭窄的航道，我们就摆脱了那些船只，兴奋地欣赏眼前的急流顺着岩石斜坡一泻千里。再向前走有一个位于河中央的小岛，岛边的浅滩水深7—5.5英寻。南岸矗立着一座高塔，后面是高耸入云的山丘，一直到山顶都是耕地。许多船只来来往往，我们分别对这些船只上的人们散发了书册。

河流宽两英里，有两条支流，北边那条支流最

① 即闽江。——译者注

大，通往福州城。西北方向半英里处有一座大山，
河流北岸是一个巨大的浅滩，水深 2 英寻。南岸水
深 3 英寻。我们认为那里可能靠近城市，我们便从
那里出发，果然，我们离城市逐渐越来越近了。我
们看到远处船只密密麻麻，料想已经靠近城区，便
朝该方向前进，城市的轮廓逐渐变得清晰。靠近一
看，我们发现那些小船都是来自浙江省的贸易航船
和专门运送木材、竹子的货轮。其次引起我们注意
的就是一座巨大的石桥。这座桥设计粗犷，非常坚
固，横跨整条宽阔的河流。当地居民蜂拥而至，将
我们团团围住，带着新奇的眼神打量着我们这些外
国人。我们快速上岸，找到了一条捷道穿过人群，
他们也表现得很有礼貌。我们起草了一份请愿书，
于是首先进城寻找总督的住处。经过一条很长的街
道，道路两旁商铺林立，摆放着琳琅满目的商品。
许多房屋宽敞开阔，虽是木制，却具有优雅的中式
风格。几乎所有目光都聚集在我们身上，我们对他
们不断提出的问题也几乎是有问必答，同时沿路散
发介绍英国的小册子。通过散发这些册子，我们与
他们实现了友好的交流，其他方法很难做到这一点。
抵达城门口时，我的耐心都快要耗尽。但我们还是

继续朝着县衙缓慢前行。在这里，我们被一群充满好奇的官兵围住，他们不停盘问一些常识性的问题。后来一位严肃的官员赶来，没有问再多问题，只是眼睛一直盯着地面。我们被带进一座小庙，晚餐也准备好了，他们还打来一盆温水。我们刚梳洗完，一个仆人就拿着火把走进来，大声叫嚷着让其他侍从将我们带到另一个宽敞的房子里。我们的向导身手敏捷，都随身携带火炬，又重新将我们带回城门口，快速穿过我们刚刚走过的长街。路上我们遇到一支奇特的队伍，他们造型浮夸，就像去参加化装舞会。很显然，他们是为了祭拜某位天神，因为他们还抬着一尊身着黄袍的巨大神像。我们的突然出现使人群中出现了一些混乱。好不容易从混乱中挣脱，即使又累又饿，我们还是加速脚步，希望能吃上一顿好的，找到一个落脚点，但突然被一群官员围住，令我们吃惊不已。他们粗暴地将我们带回船上，随后离开。其中有一位姓黄的文官，他头戴白水晶冠，不停地宣读其权威禁令，傲慢的声音差点把我们的耳朵震聋。然而这些人强制执行命令，将我们推到河边，让我们别无选择，要么上船，要么走进水里。他们最不解的是，我们竟然能在没有向

导的情况下找到进城的路，这在他们看来是不可能
的事情。他们将一位年轻人和我认定为我们团队的
带头人。他们肯定地说，不久前还见过我们，把我
们和一些被扔在海坛附近并被带到福州的水手混淆
起来。

而我们，对于他们不友好的行为一直据理力争，
坚持我们应得的权利，最后他们答应带我们到一个
船上落脚。这时，我们才发现周围挤满了人，不过
他们不再像此前那样欢迎我们，我们只得住进四面
透风的海关大楼。但事情还没有结束。黄大人用计
将我们引到一座庙里，并安排其他的官员坐在那里，
试图审判我们。他成功地将我们引了出来，费尽心
机想让我们在街上过夜，但他的计划却失败了。经
过一场漫长又毫无意义的争辩之后，我们悄悄地在
这座庙里落脚。为了确保安宁，我们在门口派了一
名哨兵，但他只执行了一刻钟的任务，官吏们便四
散而去。

4月25日，清早我第一个被那些官员叫醒。姓
黄的大人含沙射影地打听我们的书，得到满意的答
案后，他再一次尝试劝导我，说我是一个中国人，
并十分友善地恳请我将请愿书的内容写下来，由他

上交给总督。然而，我们正是来拜见总督大人的，因此只能感谢他的好意。昨晚我们享用了热水和美食，今天早上原以为会在甲板上享用一顿早餐，但作为"蛮夷之人"，他们决不允许我们在天朝的岸上吃饭。我们没有理会他们的建议，转去参观前面提到的那座石桥。这座桥长约420步，由35根巨大的花岗岩石柱撑起，被称作"万寿桥"（Wan-show 或 Myriads of Ages）。虽然建造得非常粗犷，建筑设计也有很多缺陷，但它是清帝国最著名的桥梁之一。考虑到桥身过长，桥下河流湍急，并且没有桥拱等因素，这座桥的耐用性还是令人称赞的。

唯一让我们困扰的就是那群官员，所以我们选择避开他们，去参观城市的其他地方，并做好随时上船的准备。这时，我们的朋友黄大人出现在大船上并邀请我们过去。我们已经有太多的证据可以证明他愚蠢的傲慢，这次他不过是又想玩一个把戏。有一艘来自苏州的大船停在港口，船员争先恐后地想看我们，并表现得十分友好。

我们沿着海岸线返航，没有什么比经过这片美丽的地区更让我们快乐的了。虽然我们不得不面对各种艰难险阻，但在这么美丽的景色面前，任何困难都不值一提。我们将书大量分发给当地热情的读者，他们满怀感激地接受了。这里非常适合做植物学研究，但很遗憾，我们都不太懂这方面的知识。许多人靠近我们，询问各种商品的价格。

闽安①是一座建在山坡上的要塞，当地人对其不吝赞美之词。我们在这里歇息了一阵，继续踩着花岗岩的台阶往山顶上爬，最终看到了山顶美不胜收的风景。这片地区被建成了梯田，悬崖峭壁上长着几棵参天大树，谷地和要塞旁边有花园围绕。一座小镇就位于浪漫的山脚下。没有什么能形容我们的惊讶之情。我们每爬上一块梯田，就能看到一片宜人的美景，就这样一个接着一个，直到登上山顶，纵览无数花园和田地。当我们下山走到镇上时，立刻被好奇的大人和嬉戏的孩子环绕。我之前提过，我们是在官员的陪同保护下离开的。我们走了一段距离后，其中一条船开始靠近我们，希望与我们讨论有关贸易的事宜，第二条船的突然出现打断了我们的交谈。

4 月 26 日，胡夏米和船长特别提到，对于靠近

---

① 闽安古镇，历史悠久，为清代军事与海上贸易重镇。——译者注

我们的本地人不应当施行不公正的惩罚，悲剧不能像在厦门那样重演。当地官员是一位老人，善于察言观色，但举止彬彬有礼。他前来拜访，说他接到福建布政使（the deputy-governor of Fuhkeen province）① 的命令，前来索要几本基督教书籍，以备皇上审查。因此，我送给他一本《圣经课业》（Scripture Lessons），一本有关赌博的小册子《天之镜》（Heaven's Mirror），一本全面描述基督教义的书，还有其他几本他此前收到过的书。道光从来没有对罗马天主教表现出任何敌意，他颁布的所有反宗教和异端的圣旨中甚至从未提及基督教。虽然我曾听说道光皇帝耽于享乐，懒于朝政，但除此之外，我对他的秉性一无所知。

今天，我开始为很多病人进行手术。达官贵人也无从反对这样的善举。

4月27日，一批增援的战船抵达后，中国官员的反应立即就变了。他们曾向我们承诺允许中国民众登上外国船只，但是现在他们不但恐吓当地居民，也开始威胁我们。因此，我们向水师提督抱怨。他

---

① 从原文中对该官职的描述可以对应为"福建布政使"，清代仅次于"福建巡抚"的福建行政长官。——译者注

答应解决这个问题。傍晚时分，战船都停泊在离我们很近的地方，我们要求将军下令后退一段距离，以便我们顺流而下，但被他拒绝了。船长派人上甲板，砍断了缆绳。这一举动引起了普遍的恐慌，第二天整支舰队就驶回了河里。

4月29日。舰队一撤离，我们这里就来了大批的商人和病人。当地一个姓杨的文官过来与我们争论他们蒙受了多大的损失。他是个穆斯林，来自四川省，看上去了解一些《古兰经》的教义。他懂点阿拉伯语，但想用中国腔讲好阿拉伯语还是非常困难。当发现船员中也有人信仰伊斯兰教，他高兴到了极点。他否认自己信奉神明，但在道德品格方面和信仰其他教派的中国人没有什么区别。他还强调穆斯林从不说谎，而且信誓旦旦地反复起誓，他若说谎会遭受"天打雷劈"。我随后又问了他几个有关中国穆斯林的问题。他告诉我许多穆斯林都是中国西部突厥部落的后代。他们人数不多，也从未获得任何政治影响力。他们假装不信奉神明，但如果他们是政府官员，这就躲不过去了，因为在特定的节日每个中国人都必须去庙里祭拜。但是到了这种场合，他们便借口说自己内心深处并没有参与这种令人憎恶的拜神活动，只是出于政治需要做表面文章，以此来消除自身的顾虑。

今天我们应邀参加一场典礼，事关福建巡抚对我们请愿书的回应。我们发现在塘口（Tang-ko）① 军营对面停着一艘船，船上有许多官员，巡抚的副官也在其中。我们并没有得到直接的回复，而是一名中国军官从我们的请愿书中提炼出一句声明报告给了巡抚，巡抚仅仅对那句话做出了答复。他在回复中直接拒绝了我们的请求，称任何蛮夷船只不得驶入这里，茶叶也禁止通过海运出口。因此，我们又起草了一份请愿书，谦恭地表达了我们的期望，希望能得到对我们本人的直接答复，而不是通过其他代表来转达。

与此同时，我全身心地投入治疗病患的工作中，他们如潮水般从四面八方涌来。他们饱受皮肤病和眼疾的困扰，还有很多人抱怨自己"心脏疼"或哮喘，还有不少人咳嗽。我很高兴他们能过来看病，因为这是证明我们善意的绝佳机会。有些人病得很重，病情得到缓解后，对我感激涕零。他们送给我

---

① 军营名称，此处为音译。——译者注

们的礼物数不胜数，写的感谢信也完全是肺腑之言。我经常一天要看上百号病人，甚至如果时间充裕，接待的病人数量可能是现有的三倍。

我经常去参观临近的村庄，那里的房屋很舒适，只是没有那么干净。村民似乎很少关心自己的个人清洁和卫生问题，因此他们经常会染上皮肤病。他们总是很友好，我们登门拜访时，他们很积极地回答问题。穿过这些村庄后，我们发现了一座精心修缮的寺庙。整座庙里只有小部分建筑用于宗教目的，其他绝大部分都是露天的平台。我们在中国看到的寺庙似乎都是这样的，这座庙的特征也符合中国人供奉和祭拜天神的习惯。

5月2日，我们还是没有等到请愿的明确回复。他们所有的许诺都只是缓兵之计，最终肯定会找到某种方法让我们空手而归。即便是我们的"老主顾"杨，也没有再过来与我们来往。不仅如此，他们还针对我们颁布了两条十分严苛的法令，严禁任何人上我们的船。我们曾达成明确的共识，双方自由来往，而且这一点已经得到批准并反复确认。因此，这种违背承诺的行为令人大为恼火，于是我们正式决定驶入港口，或者说进入航道。

5月3日，这个决定立刻产生了效果。官员们现在态度温和，做出让步，为我们的贸易许可权做了担保。

病人数量日渐增多，书本分发的数量也有所增加。我们的生意向着有利的方向发展，因此我们开始习惯周围的环境。与此同时，我们高兴地发现，没有一个百姓因为跟我们接触而遭受处罚。

我们每天工作8到10个小时，结束之后便经常横穿大片的稻田，感叹种田的农民如此心灵手巧。中国农民种田的目的无非就是填饱肚子，他们很少种谷物或具有同等营养价值的其他蔬菜，仅仅种植稻谷便心满意足。到处都种着水稻，寒冷季节便种小麦，因为这里一年两熟。

他们的日常主食几乎亘古不变，就是大米，外加很少的蔬菜佐食。除了过节，平常人家很少吃肉。即便是上层人士在吃肉这件事上也比欧美国家的普通人节俭得多。中国南部省份的人，若没有吃够一定量的米饭，是不会说自己吃过饭的。即便碰上重大的节日，餐桌上摆满各式各样的菜肴，他们还是以吃米饭为主。因此，他们看不上其他任何的蔬菜，想方设法让家人吃饱米饭，也就不足为奇了。

中国人对园艺没什么兴趣。因为他们虽然爱花，但他们喜欢人造的假花胜过真花。他们很会编织假花。中国女人，无论任何年龄或阶层，总是会买假花当作发饰。

我们今天收到了一封用红色墨水写成的信，写信人假装非常关心我们，因为他的祖先曾经溺水，为我们国家的人所救。他自称已经得到消息，如果我们胆敢继续前进，坚决不从河道撤出的话，我们将面临死亡的威胁。他还听说，政府已经同意将我们剿灭，但负责执行这项命令的满族将军对此提出异议，所以我们有幸还能在这里喘气。不论是谁谋划了这个计谋（我们强烈怀疑是清廷官员所为），都应该对我们进入港口感到惊讶，因为我们的到来给所有对手立刻造成了震慑，他们没有做出一丁点儿的反抗。官员表现得谦虚善良，我们所到之处士兵们全部撤退，真是一片祥和！人们很高兴看到这种改变，并不断做出改善来维持我们之间的友谊。他们不断寄来大量的信件，提出建议，同时言辞恳切，频繁地向我们表露善意。此前信件中经常重复的都是中国人厌恶外国人，反对与他们有任何交往，等等言论。但如今从同样的一批人那里得到这样的待遇，使我们不得不对这些说法产生怀疑。我自己的一些经验更是让我觉得，只要不受官员的直接影响，中国人其实是最会社交的。但是，如果说中国政府反对且严禁与外国人来往，这确实是千真万确的。一般而言，当老百姓表现得像我们的朋友，而我们也给予他们友好的回应时，中国官员是最愤怒的。他们经常费尽心机给我们灌输最坏的想法，让我们觉得百姓既愚蠢又奸诈。同时官员们滥用法令，预先让老百姓对我们怀有偏见。但是，他们两头都没成功，因为他们用来掩盖谎言的托词实在是经不起推敲。

5月6日。今天是主的节日，登船的顾客络绎不绝。我们今天收到了朋友绘制的河道航行图，因为他之前给我们打过招呼。他标出了清军的埋伏地点，并描述了用于轰炸我们的炮台情况。但他的劝说在凶悍的"夷人"面前完全不起作用，因为他们根本不惧任何危险。相反，官员们才会垂头丧气。

病人的数量急剧增长，其中许多患者从很远的地方赶来。他们的要求非常迫切，而且十分确信药物的疗效，他们总是满怀信心地要求我开药。我收到了几封表达感激之情的信件，还有大量的礼物。

我们至今没有见过一个本地的基督教徒。但是，今天我们见到一个男人，他手里拿着一张卷起来的纸，紧张得怕别人看到。他问我是否知道纸上写的这些东西。我仔细看了之后发现，这个标志代表三位一体的概念，在西班牙比较常见。通过谈话我发现他对基督教一无所知，但他信誓旦旦地列出证据，证明自己是真正的教徒。他给我看了他妻子脖子上戴的十字架，还有念珠。杨姓官员曾经告诉过我们，在他家附近有很多本地的基督教徒，特别是那些船员。这个男人的出现证明杨所言不虚，他说那些人都很穷，没有一个是欧洲来的。他无法给我提供基督教在这里的发展情况，也不清楚其他地区对这里基督教的情况有多了解。

5月12日，大量当地的基督教徒来到这里。其中一人手举着一张纸，证明他们的宗教性质跟我们是同样的。他阐明了和我们的互助友爱关系，用尽所有的说辞让我们相信，双方信仰同样的宗教，所以我们应该对贫穷的弟兄施以善行。另一个人递给我们一张纸，表示他大为吃惊，我们竟然拥有记录救世主一生的《圣经》。其他人都很吃惊，因为他们去年才开始自己印制《圣经》。他惊讶我们这么快就拿到了《圣经》，却无法解释其中缘由。同时，他警告我们不要把《圣经》送给任何被异教思想蒙蔽的人，因为他们无法理解其中的内容。他还向我们索要一些祷告书，以便他单独钻研。我很想知道他的朋友们已经印刷了《圣经》的哪些部分，但他拒绝提供信息。在拿到祷告用的手册后，他满怀感激地离开了。我不知道他对传播《圣经》有多大的兴趣，但他拒绝向其他教教徒分发《圣经》，这一点表明他对基督教的了解还是太少，不配当一个基督教徒。

我一直很想与本地的神父交流，今天很高兴见到一位衣着得体的年轻人，他说自己是基督教教师。其他的本土基督教徒都很粗鲁且没文化，但他却很有礼貌而且精通中国文学。只是他的基督教知识十分浅薄而不合规范。但他承诺会勤奋学习，熟读教义。我送给他很多基督教的书籍。

这段时间我们的生意很不错，如果不是要价太高，为北边港口留存部分货物的话，我们的销量会更高。因此，胡夏米决定前往宁波。官员已经向我们指明去那里，催促我们在那边处理好剩余的货物。

5月16日，来了两位海军军官，其中一位给胡夏米写过信，告诉我们会前来拜访。在这次蓄谋已久的有趣谈话中，他辩解称破坏我们既定的协议只是执行总督的命令，而对于我们因命运的安排进入港口后他们表现出的欺软怕硬的姿态，更是一味开脱。他们并非怀着敌意，而是渴望和我们建立友谊，并像陪同朋友一样送我们离开港口。看起来，写这封信的人是代表他的官吏兄弟们把他们的感情都表达出来，他很懂礼数，而且很有修养，他坦率地承认自己错把我们这些商人当成了士兵。"不论何时，"他补充道，"只要你们的船再来这里，我们会马上安排贸易条款，这样我自己就不会牵扯到危险中，也不会浪费你们的时间。"我们问他是否希望我们出面，帮他恢复因我们而丢掉的头衔。"你们只需要离开港口，"他回应道，"我会拿回自己失去的东西。"

5 月 17 日，临走之前，那位经常提醒我们"大难临头"的好朋友最后一次来看我们。今天他告诉我们自己是个"举人"，科举第三级别的毕业生。他非常想去北京参加会试，以便取得一个更高的官职。尽管他很缺钱，但他还是送给胡夏米一份礼物，而这份礼物足以支付他前往北京的路费。他只从我们这里拿走很少的回礼，便悻悻而去。

第四章

5月21日。我们很满意在福州受到的款待，现在向浙江进发。很多浙江渔民和百姓来到岸边，看起来神采奕奕、端庄稳重。他们把船前前后后查看个遍，询问每个部位的作用，然后开心地离开了。他们普遍身材不高，但很壮实，显然已经习惯了风吹雨打。福建渔民每年都有几个月在江南和浙江沿海捕鱼，有时充当海盗进行劫掠，他们都是非常大胆、粗野的海员，不论多么恶劣的天气都不能阻挡他们出海。在风浪最高的海域，他们也敢跳到最多只能容纳4个人的小船上。因此，每年都会有很多人淹死。他们冒风险只是为了赚点微薄的工钱糊口，因为他们都很穷，甚至经常吃不饱饭。

　　5月25日。昨天，我们驶入舟山水道，向宁波进发。这里的人口比其他地方都要稀疏。四周像墓地一样寂静。在我们周围的大山深处依稀可见几个小村落和寺庙。没多久，我们看到几艘船迎面驶来，然后又离开，其中有一艘来自福建。我们上了船，找到船长一番打听，发现他是个吸食鸦片的瘾君子。他给我们展示了一张中国地图，并且知道上面有些地理错误，他很想将其改正，顺便拓展自己的知识面。总体看来，中国人大都不愿承认自己的错误，尤其是在地理学和航海科学方面，因此，我们更加佩服此人的坦率。他来自台湾，因为熟读之前提到的小册子而对我们的国家有所了解。他船上载的是运往上海的蔗糖，每年至少有上百艘台湾商船驶往上海。正当我们聊天时，一艘官船经过，还放了几个炮仗来恐吓我们。这一行为引来一片哄笑，船上的水手也笑了。当我们回到自己船上时，已经有几艘官船开到旁边。从外表看这些船并没有多么华丽，他们询问的问题也都是些陈词滥调。他们很快就离开了，走之前还要求我们在驶往宁波前等待下一步的指令。

　　我们在一条非常特别的水道上继续前进，前面出现了一条宽阔的河流，水流很急，在有些地方卷起了旋涡，十分危险。由于缆绳不够长，我们下锚没能成功，但经过一番探索之后，我们找到了一处水深25英寻的地方抛锚，旁边还停靠着几艘船，我们就在这里过夜。

我们看到了青翠的山丘，但鲜有人迹可寻。我们惊讶地发现，大片肥沃的土地竟无人耕种，我们也不知道在中国怎么会发生这么离奇的事情。

5月26日。今天我们的大船向宁波进发。其他船只从陆地与一座小岛之间的航道下水，我们也没有顾及周围环境，便跟在那些船后面。由于没有与河岸保持合适的距离，我们的船撞上了一块礁石。不过最终成功摆脱，继续前进。一路上都没什么阻碍，直到我们遇到一艘战船，向我们喊话。河流入口处的山顶有一座堡垒，是迄今我们在中国见到的最好的一座堡垒。里面的建筑看起来有些哥特式风格。这里卫兵人数不多，但堡垒选址极佳，能俯瞰整条河流。入河的航道在西南方向，不远处有座小岛或者说是一个岛礁，开始我们以为那就是航海图上三角形标记的位置。港口热闹非凡，停靠着来自四面八方的船舶，从不断进出的船舶数量判断，这里的贸易一定非常发达。位于港口的镇海县①是一座有围墙的城镇，外边停着很多船。

官员一看到我们，就派出一艘船来追赶。他们追不上，船上的士兵就跳出来，在岸上跑，要求我们停下来。我们没有遵从他们的要求，这看起来可能有些奇怪，但是，我们的目的是向宁波的行政长官递交我们的请愿，这里的地方官员最不希望我们越过他们去接触更高级别的官员。不论是这个地方，还是其他地方的官员，都没能拦住我们，他们唯独成功的一点就是找来了很多脱得精光的男孩向我们扔石头。

这条河的河岸很低，所以要建河堤：除了土壤贫瘠的山脊，整个地区的农耕非常发达。现在正是小麦丰收的时节，所有人都在田里收割谷物，这是他们一整年来辛勤劳动的回报。农民家里也比以往我们去过的其他地方更加干净整洁。我们给一艘追上我们的官船递交了一份船只报告，然后便一路畅通无阻开往上游 11 英里外的宁波。造船的噪声，河流两岸堆积的木材，都预示着我们快到宁波了。人们很轻蔑地看着我们，不停地喊我们"黑鬼"（Hih-

---

① 镇海县，今宁波市镇海区和北仑区两区的旧称。——译者注

kwei 或 black devils)。在城市中部，河流一分为二，水都很浑浊。这里的船比福州的更大更多。在寻找行政长官的途中，我们路过一条大街，街边的店铺装修考究，甚至超过了广州。店里的欧洲产品和中国产品琳琅满目，用于装饰店铺的镜子和字画都是用最名贵的丝绸装裱的。

我们先被带到知县的府衙。知县只能管辖一小片地区，几个县级行政区组成一个府。他们记下了我们的名字，询问了我们这次航行的细节以及一些其他的问题，一字一句记录下来。我们如实地汇报完之后，头戴砗磲顶戴的知县大人走出来，带我们去见知府大人。我们远远地跟着他穿梭在拥挤的人群中，最后来到一间摆着很多书的大厅，这里是给较低级别文人"秀才"举行考试的地方。这座府衙的衙役很多，但他们的职责并不是维持走廊里人群的秩序，因此无法劝说他们离开岗位。

知府大人很快就露面了。他身材矮壮，看上去很面善，头戴青金石顶戴。胡夏米正式向他递交了请愿书。知府大人立即开始阅览，看完后，把头转向我们说："我们会关注这个问题，我们要商议一下。同时，我会给你们提供住所和泊船的地方，尔等意下如何?"得到我们肯定的答复后，他立即让手下带我们前往住所。我们穿过一座浮桥，来到了凉宫福建厅（leang-kung，Fuhkeen hall）。这是座宽敞的建筑，房间很大，里边挂着中国画，摆放着神灵的雕像。招待我们的晚餐很奢华，服务也十分周到，令人非常舒心。我们完全能意识到这种友好非同寻常，根本不想提我们之前住的那些肮脏房间。大厅前面摆放着各种神像，都是镀金的，其中一个上面刻着皇帝的名字，供品和香火远超其他神像。

5月27日。整个晚上，喧闹的人群一直没有完全散去。今天，他们重新聚集在一起，好奇心与昨天相比丝毫不减，但他们举止彬彬有礼，我们一个暗示就能让喧闹的人群安静下来。几个商人询问我们商品的价格，一些低级别官员问我们，与我们接壤的亚洲国家有哪些，我们国家的势力范围有多大。我们正准备出门参观这座城市时，几位文武官员登门拜访，其中两位是土库曼人的后裔，而且是穆斯林。一位官员姓马，个子很高，头戴青金石顶戴，曾在澳门和广州待过一段时间。他是个非常聪明的人，熟知外国人的习俗，并精通官员的所有外交技巧。对于那些不受天朝统治或与天朝接壤的所有外国事宜，官吏们普遍一窍不通。当听说我们的印度属地与中国的云南省仅相隔几片森林和几条山脉时，他们感到非常震惊，几乎不相信我们离他们这么近。然而，马姓官员没有继续谈论这些琐碎的话题，转而开始详细讨论与中国有贸易往来的欧洲国家。他提到阿拉伯和波斯是伊斯兰教的摇篮，并尝试说几句阿拉伯语，表示他信奉这种语言所表述的宗教体系。他对欧洲人的品格赞不绝口，高度赞扬与其开展贸易的好处，并经常向其他官员谈及这一话题。我们准备登船时，官员向我们真诚地告别，他们来到河边，一直弯着腰直到我们消失在视线范围内。这时人们已经阅读了那些介绍英国的"小册子"，他们向我们表示衷心的感谢并时刻关注我们的善举。我们从商店里买了几件物品，又询问了其他出口产品的情况，并回答了当地人的所有问题。

我们绕道返回船上，途中登上了城墙。它的结构非常庞大，但周围杂草丛生，破败不堪。我们在这里看到了整个城市的景色。宁波城的大小与福州相当，人口数量也不逊于欧洲的许多大型贸易城市。城区布局规整，建筑宏伟，超过我们所见过的任何中国城市，在商业声誉方面也是首屈一指。早在16

世纪，葡萄牙人就来到这里开展贸易。他们发现欧洲产品在这里非常畅销，因此他们认为亚洲其他国家也喜欢欧洲产品，就向日本出口了大量丝绸。遭到驱逐之后，他们又重新开始贸易，欧洲其他国家也参与进来，直到敲诈勒索之风兴起，最终外国商人被限制在广州。英国东印度公司在这里设立商行直到18世纪。在宁波，我们得到了一份该港口以前的船只清单。曾经来往船只非常多，但现在这里的对外贸易荡然无存，只有老人们对外国人还有一丝记忆。

我们非常高兴能受到人们的热情接待。可能是我们的小册子对当地人产生了影响。成群结队的人在海滩上向我们友好地告别，各级官员也争相表达他们的友谊。

5月28日，返航途中，我们注意到这条航道的危险。水深从16英寻到1.5英寻不等。今天大量的官吏来拜访我们。其中有两位海军军官，一位是海军将军的助手，还有一位是知府的信使。前者说将军阁下第二天要来拜访我们，因此，在他听过我们的意愿作出决定之前，我们必须留下并安静地服从。他们再次询问我们的货物情况，其中一人说："你们到处都没卖出过东西，怎么指望在这里就能卖出去呢？"然而，我们向他提供了相反的证据，他便默默离开了。与此同时，几艘军舰在我们附近停泊。勘察航道之后，我们开始向宁波河口前进。这突如其来的决定使所有的官吏都感到惊愕，他们立即离开我们的船，扬起帆，跟着我们走。

到达锚地后，我们放了三声礼炮，礼炮声把士兵们从昏睡中唤醒。我们现在去拜访镇海知县，两天前我们下船时，他曾迫切地邀请我们前去拜访。大街上人头攒动，无论官兵如何威胁，还是殴打，都无法阻止他们围观我们。我们被禁止登陆，但还是登上一个石墩，来到一座寺庙，这里同时也是公共大厅和舞台。在这里，我们见到了官员朋友，以及在宁波见过的穆斯林马和李，他们和我们一同前往。他们对我们如此接近城市进行认真的争论。我们回答说，我们的法律允许他们的船只进入我们的港口，而无须向政府请示，因此我们也希望得到同样的待遇，在这里自由航行。他们对此没有异议，因为他们已经宣布是我们的好朋友，但是，他们说，我们过早进城会给当地官员带来麻烦。我们承诺代替他们与海军将军交涉。由于海军将军也对我们的友谊多次表态，我们希望他能接受我们的意见。与此同时，人们都在注视着我们，他们非常喜欢这种新奇的景象。在返回时，我们为那些满怀感激之情的读者又分发了许多小册子。随后我们登上一艘大型战船，指挥官盘问了一些无礼的问题，因为他的精神受到了伤害，或者说，他的民族自尊心受到了严重的伤害。因此，他绘声绘色地描述海军将军的不满，但这是他们必须经历的。我们承诺会帮助他们缓解将军的愤怒，随后他回答说："在你们面前，他会很友好，并同意你们的请求。但在你们的背后，他会严厉地训斥并惩罚我们。"我们后来拜访了他的同僚，但他们对这一问题不太在意。他们承认，我们处理事务的方式恰到好处。"但他们能做什么呢，他们必须按照国家的法律行事。"我们从中国典籍中转述了一些言语安慰他们，随后重新回到我们的船上，即便他们指控我们轻率地侵入中国领土，我们仍然无动于衷。

很奇怪，无论我们做什么，似乎都会被指责为肆意践踏天朝的法律。对于不了解排外法律和条例的人来说，这肯定是无法解释的。"不要靠近我们的国家！"就是普遍的禁令。只要能确保安全，他们宁可暴力执法。守卫海岸抵御入侵者的海军军官们能够意识到自己身体的弱点，并相信他们国家不合理的法律无法付诸实施，因此他们总是通过威胁来取胜，或者重复禁令，称其法律"不容侵犯"，但从未真正执行。一旦有船进入港湾，这两种措施都是徒劳的。如果需要的话，他们可以提供补给，并允许开展一些贸易，因为他们根本无法阻挡。他们提出的唯一条件是，在规定的时间内离开港口，然后向他们的上级官员报告，他们已经赶走了蛮夷之人的船只。将来到访中国海岸的商人应该记住这一点，他们越是了解这个制度的本质，就越能在不伤害官员的情况下，达到他们的目的。

5月29日。今天上午海军将军抵达，礼炮齐鸣，以示尊敬，而我们只放了三声礼炮，炮声在山谷中回荡。为了使这一事件更加庄严，士兵们吹起了像牧人一样的号角，声音低沉，并以锣鼓伴奏。将军阁下一到，就实施抓捕行动，这时人数众多，都急于完成交易。我们省去了士兵们殴打他们的麻烦，派人登上战船递送了一份言辞恳切的文书，请求官员允许人们自由来往。

下午，我们走访了河流上游的几个村庄，我们曾在这里住过一晚。这里人口非常密集，即便土地肥沃，产业再大也只能勉强维持他们的生计，因为这里的土地面积很小。途中，我们去了煮盐的地方，并参观了许多整洁的商店。即便如此，我们随意散步也引起了官员的怀疑，他们不喜欢居民们友好接待我们。我们向他们解释说，我们并非反对帝国的法律，但我们认为没有任何法律会强迫人们做出如此厌世的行为。为什么不给人们机会看看我们的面孔？作为同胞，为什么不允许我们拜访他们的住所？对此，他们回答："你们的理由很充分，但我们的法律禁止与你们这样交往。"

5月30日。我们今天受邀参加一个听证会，听取对我们请愿的答复。他们表示，没有皇帝的特别许可，要进行贸易非常困难，随后给我们看了一份福建布政使签发的通告，严禁与我们开展任何贸易。他们乐于将我们称作"狡猾的夷人"，像老鼠一样偷偷摸摸地钻进每个角落。虽然这个命令只是签发给各级官员的，绝不是对我们请愿书的答复，但我们感到愤慨，他们居然用这样的文件来反对我们，还声称我们的行为一直都处在法律的对立面。我们的回答使他们感到震惊，他们最终后悔给我们看了文件，这只会激怒我们，对他们没有丝毫好处。很明显，官员们打算通过陈述法律条例为他们将来的压迫行为作辩护。这些法律就是他们对外国人采取行动的一般准则。

5月31日。今天我们转移到另一个锚地，因为之前的地方潮水非常猛烈，容易冲断我们的缆绳。由于我们的请愿没有得到任何答复，而官员们的来信也是以我们的不满和他们的恼怒而告终，所以今天将举行一次新的会议，届时所有事情都将得到解决。为了使这次会议更加正式，并且令人满意，最高层人士将出席会议，因为我们已经起草了一份向更高层提出的抗议书。我们发现两位普通的军事指挥官和一位头戴蓝色顶戴的文官，在露天的遮篷下坐着。两边都有士兵，带着火器，整齐地站成一排。为了增加庄严感，各级军官都围在他们身边，而后面的旗帜给整个场面增添了几分肃穆。观众很多，但都很安静，秩序井然。在事先接受了仪式的指导后，我们慢慢走进会场，经过一番解释，坐了下来。海军将军是位老人，肤色很黑，富有幽默感，而且很有魅力。他佩戴双眼顶戴花翎，足以证明他所立下的赫赫战功。另一位武官外表没有什么特别之处，

但似乎只是为了附和上司的话而出现的。最引人注
目的是他们与文官的对比，文官的神情和言语立刻
显示对夷人极其强烈的敌意。海军将军开始说道，
多年前在宁波建立了一家英国商行，但由于停办多
年，现在重新开工极为不便。文官马上对此议论纷
纷，言辞十分激烈，但最终被胡夏米打断。他简要
地说明了我们来到这里的原因，不是作为敌人，而
是作为朋友，希望恢复那些不幸被废弃的旧规定。
我们将开展贸易的希望寄托于他们的公正和慷慨。
我们允许存在排外的法律，但更古老的法规（根据
中国人的习惯，这些法规更可取）给予我们充分的
自由来到这个港口进行贸易。在这种情况下，公告
中还针对我们使用如此侮辱性的语言，我们对此感
到十分悲痛。此话一出，他们便大喊大叫，控诉我
们无礼。为了平息我们的指责，他们递给我们一封
信的副本，是布政使附在我们送给皇帝的请愿书中
的内容。虽然我们得到了他的再三承诺，表示将适
当地为我们的事情做主并与我们合作，打开北方的
港口，但是，我们从这份文件中了解到，他只是请
求皇上对他当机立断驱逐夷人的做法进行裁决。他
还请求皇帝认可他降职处理几名失职官员的做法，

并在最后表示，他很想知道皇帝对此是否满意。然后，我们展示了我们的请愿书，但他们起初拒绝接受。武官都不识字，因此文官扫了一眼并向他们解释了内容，然后将请愿书退还我们，但我们没有接受。我们对于官员的重视表示感谢，海军将军回答说，即便两国交战，我们也会受到同等对待，因为我们是陌生人。

听证会结束后，李和马两位朋友来看望我们，就贸易问题达成共识。对于民众被禁止登我们的船，我深感遗憾，因为这样我就无法履行职责了。但我们在这个问题上的所有劝说都没有结果，我甚至不得不放弃几天前才开始治疗的病人。这让我很苦恼，因为在如此友好的人群中，我本以为会有丰富的收获。我相信，在这里散发书籍，甚至比在福州更有用。

6月1日。今天几名福建商人来访，希望与我们开展贸易，但也表示由于官府严查很难成行。离开时，他们向我们建议，除非大胆地进入河道，否则不会有任何顾客。这样一来，官吏们除了遵从我们的意愿外，别无选择。今天下午，我们上了岸。我们刚进入河道，就有一艘官船驶来，要求我们返回。

在岸上，我们被手持刀剑和棍棒的士兵包围。我们说官员已经承诺允许开展贸易，只是指令下达有延迟，但他们的回答并不令人满意。马告诉我们，他今天不在，因为他必须陪同海军将军去寺庙，参加庄严公开的祭拜活动。由于这直接违背了伊斯兰教的禁令，我问他，是否认为自己参与神像崇拜精神会受到污染。他矢口否认，称自己完全没有实际参与，认为这些仅仅是一种仪式。

6月2日。又有一些商人来访。他们似乎很想购买我们的商品，但却表现出一副流氓做派。一名姓云的战船指挥官是我的朋友，他父母是福建人。云和一个头戴金色顶戴的官员一起上船。他们告诉我们，驻扎在定海和港口航道入口处的所有官员，都将因为允许我们通行而被降级，只有他自己通过贿赂躲过了这次严厉的处罚。对于他来说，他衷心希望上级与我们保持更好的关系，并希望他们能允许我们进行贸易，这对双方都有利。他的长官也持有同样的观点，并与其他官员就此进行了激烈的争论。"他强烈建议推动我们彼此之间的交往。他甚至与知府为敌，导致知府愤然返回宁波。他也很想与你会面，但被道台易大人拦下了。我们的提督将拒绝你们开展贸易的请求，他已经向皇帝陈述了这件事。在这种情况下，唯一的办法是派遣一位勇敢的特使，前去面见圣上，让朝廷来安排这些商业问题。如果他能够躲过卑鄙的阴谋，坚持己见，力排众议，并相机行事，那么他一定会成功。"

这是他的个人意见，在某种程度上与马和其他官员的意见一致。

堡垒的枪声再次响起，而提督大人则去祭拜神像了。我们开始怀疑，他是在暗示手下协助驱赶我们。我们急切地想知道岸上和河道口所有的军事戒备意为何图。他们称召集海军是为了镇压渔民骚乱，他们乘船来到这里，是为了宣告他们对自己所属区域的主权，以防止海盗侵扰。"提督大人此前一直致力于解决渔民闹事的问题，绝不是来干涉你们的，炮台和营地也不是用于其他目的，而是为了向渔民示威。"

我们远远地就看见一个斜坡堤坝，由方形花岗岩石制成，用铁钩连接在一起，堪称中国工业和智慧的一个标本。这条堤坝是在康熙年间建成的，经受了一个多世纪汹涌波涛的考验。这充分证明其优越的结构，并表明倾斜的堤坝比巨大的垂直堤坝更能抵御海浪的冲击。今天，我们参观这座纪念康熙辉煌统治的丰碑，发现如今这代人竟然让这么宏伟的工程沦为废墟。它与我们见过的所有堡垒一样，遭遇了相同的命运。当我们绕过镇海县的城墙时，一群人聚集在城墙上，急切地想一睹我们的真容。无论他们走到哪里，都有大量的石头滚落下来，充分证明了中国最开明君主的继承者给帝国留下的防御工事是如何破败不堪。一些士兵拿着火绳枪和弓箭驻扎在城墙上。我问他们为何装备得如此奇怪，他们回答说："我们全副武装就是来监视你们的。"那条堤坝现在看起来有几英里长。当我们走到山上的堡垒时，我们爬上了城墙，但士兵要求我们撤退，沿着一条超过 3 英里的迂回道路返回。我们欣然同意，以避免牵连到堡垒的指挥官。一路上，一些淘气的男孩陪着我们，他们是我们所有旅行中的固定伙伴。我很钦佩这些孩子充分表现出来的优秀理解力。如果接受不同的教育，他们会成为什么样的人，我无从说起，但让我真正感到遗憾的是，没有建立单纯的读写学校来培养他们的思维。只要孩子们能够写出清晰完整的汉字，继而学会写信，他们就离开了学校。如果他们打算考取功名，他们就在私塾停留更长时间，阅读国家的文学和法律。但毕竟他们的学识非常有限，他们无法学到通俗的知识，因此，通过给孩子提供更好的教育来造福人民，这在中国是多么伟大的事业！

在我们返回时遇到堡垒的第一位军事指挥官，他和另外两名军官坐在一起，非常粗鲁地盘问我们："先生们，你们去哪里了？"我们回答说，我们去散步，并欣赏了中国同胞建造的如此卓越的堤坝及其展现的工业水平和技巧。"但你们知道吗，"他回答说，"我命令士兵阻止你们。有些人不懂礼节，因此我担心你们会遭遇不测，所以来到这里。"我们感谢他的关照，然后急急忙忙地朝镇海县城走去。因为天色已晚，他们为了缩短我们返回的行程，不让我们穿过城市。我们沿途经过时，人们成群结队围观我们，表现得极其礼貌和友好。

6月3日。马和他的朋友李又上船了，向我们解释为何受到这么大的猜疑："你们非常聪明，懂得绘制地图，精通商业管理，而且时刻准备着采取行动。我们知道这一切，因此我们要警惕。去年，一些朝鲜人的船只在我们附近遇难。我们允许他们在不同的省份旅行，允许他们观看所有的东西，并允许他们经过辽东回到祖国。因为这个民族对于他们眼前的东西毫不在意。然而，如果要向皇帝进行恰当的陈述，你必须证明自己唯一的目标就是开展贸易，而不是获得权利。我们将与你一同上书，这样贸易关系才有可能建立。"他自己也带了钱，向我们表明他是要认真购买的，并表示他衷心希望其他人也能这样做。他们送了几位商人上船，让我们自由贸易，他们则睁一只眼闭一只眼。

6月4日。包括孙大人在内的几名官员和提督的一名传话人来到船上。这位传话人向我们传达了提督的禁令和建议。他在纸上写道，如果我们停留一两年，就不允许开展任何贸易。我们知道，预计明天总督就会派信使来检查当地官吏对我们采取的措施。这将涉及水师提督和几位下级官员的名誉和前途，因此他们非常想让我们离开。同时，有人对我们说，水师提督非常后悔之前没有允许我们进行贸易，这样可以缩短交易时间，为他省去很多麻烦。我们表示，希望今后事情能得到更妥善的处理。

今天晚上，当我们沿河而上时，被强行拦住，但通过一些强制手段（不过，最好不要这样做），我们得以自由通行。我们来到水师提督的船边，抱怨这种行为没有先例可循。他一再保证我们之间的友谊，但之后我们还是被当作敌人对待。船员人数众多，致使整条船不堪重负，所有的海军战术都失去了作用。他们非常害怕我们上船，尽管我们保证来此没有敌意。所有在场的官员都承诺，我们的贸易请求会立刻得到解决，并承诺我们可以依靠与他们的合作。

6月5日。我们昨天与官员派来的一个商人完成交易。他答应立即购买全部货物，部分货款以生丝抵付，其他用银子支付。这个商人似乎在宁波颇有名望，而且很有诚意地进行采购。他建议我们坚持现在的做法。

我们今天参观了举办听证会的大厅，在那里我们还见到一些下级官员，他们是与福建总督的信使一起来的。他们向我们确认，开展贸易是不可能的。但是，这件事值得考虑。此外，他们打算替我们向长官发送一份声明，以便妥善安排此事。在得到明确的拒绝后，马大人与胡夏米却在私下谈论走私贸易的问题，并饶有兴趣地询问今天是否有商人上船。

为了防止我们走出去，他们在寺庙前列起了两道军阵。我们询问是否将我们当作了囚犯，随后便冲了出去，令他们大惊失色。百姓以其非凡的仁慈，弥补了统治者以友谊为名的所有敌意。我们努力保护他们不受官兵的打压，官兵肆意伤害民众已经招致了多起骚乱。

6月7日。今天我们收到道台的一份文件。道台责成我们严格遵守天朝的法律，因为他们认为天朝的法律统治整个海洋，其力量使整个世界都臣服和敬畏。我们被告诫要严格遵守既定的规则，并被勒令立即离开港口。然而，我们进一步敦促贸易请求，解释开展贸易的可行性，并退回一份文件，坚持要求道台履行对我们的承诺。

我在这里详细介绍我们与官吏的交往情况，足以证明天朝外交政策之单调乏味。有个简单的方法可以结束这些令人厌烦的谈判，即承认他们所谓的友谊并要求他们履行承诺。如果我们的船只是私家商船，我们会很快处理掉所有的货物，而不会侵犯该国的法律，只要让他们别无选择地履行其贸易承诺。这是商人建议我们采取的做法。但我们有明确的指示，不允许我们按照自己的判断行事。

6月9日。由于天气恶劣，锚地四周毫无遮挡，昨天我们被迫进入港口。当我们的旗帜在飘扬时，

有人问我们这是不是血腥的旗帜。他们总是怀疑我
们要攻击他们，并在每个场合暴露他们的戒备心。
今天，道台派一名传话人带来几封信，用温和的语
气命令我们离开，最后他引用了一句谚语，"顺天者
昌，逆天者亡"。在这里他将大清帝国的制度与天道
混为一谈。人们只有对政治教条抱有一种隐秘的信
仰，才会被这种格言所引导。无论这些理论在外国
人看来多么荒谬，它们都是中国人处理外国事务的
主要依据。有人或许认为这些只是单纯的夸夸其谈，
可是这些理论一旦被严格地用于实践，有关方面就
会感受到其伤害性后果。

6月10日。今天我高兴地散发了一些书籍，并
为一些病人提供了帮助。有些人全副武装，似乎是
被派来监视我们的。我们对他们友好相待，给他们
观看所有值得欣赏的东西，他们很快就离开，向提
督报告。

为了防止我们沿河而上，他们用竹子把船捆绑
在一起。今天，这条防线被我们的长船打破了，一
些官吏对此非常高兴，他们不禁对这种毫无作用的
防御措施感到可笑。水师提督长期患病，我向他提
供医疗帮助，但被拒绝了。他让孙大人告诉我们，

只要我们离开港口，他的病自然会不医而愈。

6月12日。我们最终决定离开港口。马大人向我们提供600元的滞留费和大量的物资，被我们拒绝了，否则，我们就会被当作乞丐记录在册。几位官员表示，他们希望我们明年再来时，事情都会得到妥善安排，我们的贸易请求不再遭受任何反对。我们收到了几份礼物，还有极为温暖的祝福。最高层的官员们不惮于公开承认，我们的贸易对双方都非常有利，他们对于禁止我们开展贸易而感到遗憾。在这里，所有欧洲进口的物品都比广州要贵得多。如果我们得到贸易许可，甚至强制履行他们对我们的承诺，我们可能会获得可观的利润。

人们的好奇心一直都很强，他们不断地涌到海滩上观看我们的船，现在又有许多人聚集在一起看着我们离港。当我们在镇海附近短暂停留时，官吏们不择手段地恐吓我们。但是他们发现，无论是大炮射击，还是增加战船，都无法吓到我们，于是，他们集结在一处，耐心等待劝说的结果。他们本来对马大人这样精明的谈判专家信心满满，当看到他无功而返时，他们感到非常失望。

6月15日。我们于13日离开，在三角区附近四五英寻深的水域航行，这个水位足以承载任何船只。同日，我们抵达宁波附近的一个浪漫岛屿——金塘岛。我们的锚地位于北纬 29 度 55 分，东经 121 度 54 分。官员们向我们暗示，如果我们选择离开港口，他们会欣然允许人们上船。虽然我们对这一说法不大相信，但我们认为可以顺便在此地侦察一下航情并补充一些淡水。这个港口很宽阔，也很安全，但我们进入河道的距离很短。

我们游览了这座美丽的岛屿，穿过丘陵和山谷，在几座寺庙和房屋前逗留。山谷都是同一走向，河流纵横交错，土地肥沃，为耕种者带来丰收。山丘间郁郁葱葱，为人们提供了燃料和木材。欧洲南部生长的大多数水果在这里都能找到，而且果树生长茂盛。或许，如果居民不嫌麻烦，这里可以种植任何蔬菜。

我们登上几座最高的山峰，从那里我们可以俯瞰该岛的大部分地区。自然美景姿态万千，展现在我们面前。这里人口众多，欣欣向荣。人们享受着自己的劳动成果，因为他们中间没有官吏，也没有人敲诈勒索。虽然他们也需要支付惯常的税款，但他们土地肥沃，产量丰厚，可以轻松负担。岛上有许多寺庙，而且都建在最美丽的地方。我们与几位僧侣交谈，并向他们介绍救赎的方法。我们欣赏这里整洁的房屋，以及当地人的穿着。他们看到我们时，表现出无拘无束的喜悦。人们从岛的四面八方赶来看望我们，我们在人群中坐下来吃饭，他们都非常高兴。官员们经常说百姓是愚蠢的，就我们今天看到的这些人和事来说，这句话并不适用，因为百姓的言论是公正的，他们提出的问题比许多官员的问题更富有智慧。返回时，我们参观了一所学校。我和校长谈论有关儿童教育的问题，我认为，像培养学者一样教儿童学习典籍中关于善政的高雅原则是不合适的。他找不出任何理由为这种做法辩护，只说这是习惯所致。我敦促他培养学生的智力，而不仅仅是教他们认识一定数量的汉字，因为至少两年之后他们才能逐渐理解这些字的含义。毫无疑问，他从未想过做这些事情，但他还是很有礼貌地答应了。沿途有几座神像被放在小神龛里，提醒人们注意自己的宗教信仰，让他们烧香以示虔诚。

6月16日。大批民众登上我们的船。许多人前来申请医疗援助，知道我在分发书籍，就迫切地想要一本。这是非常愉快的一天。

　　探险队员们不在场的时候，我与我们在宁波的一位老买办促膝长谈。他畅所欲言，绘声绘色地描述中国官员的真实面目。他憎恨马大人的奸诈，认为这是我们所有不幸遭遇的根源。与此同时，水师舰队已经撤离，在远处停泊，同时派出船只监视我们的行动。然而，这些船只并没有阻止人们登上我们的船进行交易，也没有以任何方式干扰我们。现在我们告别浙江，向位于江苏省的上海前进。

第五章

6 月 19 日。我们抵达一望无际的长江岸边，这里水深只有 4 英尺，但深度非常均匀。毗邻这条河流的区域地势非常低，起初看不到海岸。我们通过了一条航道。据我们所知，此前从未有欧洲船只从这里通过。我们试图从众多渔船中找到一名大副，结果一无所获。因此我们别无选择，只能跟着驶向上海河的船行驶。大约在中午时分，我们看到了低矮的海岸，海岸附近有一片树林，很是显眼。在驶向这个港口的过程中，除了一座小岛的山峰外，没有其他地标，这个小岛位于群岛的最北端，如果我没记错的话，中国人称之为"徐公山"（Seu-kung-shan）①。这里有一个安全的锚地，许多前往上海的船只在这个港口等待有利的风向。他们从这里出发向西北方向航行，一般在一两天内就能到达通往上海的吴淞江口。一年中有好几个月，所有的河岸都有淡水。如果不定期巡航，不对两岸进行勘察，入口处对大船来说仍将是危险的。但是，如此庞大的商业中心值得水文地理学家的关注。如果商人的进取精神能够刺激航海家大展身手的话，我们可能很快就能拥有海图了。

6月20日。一大早，我们乘坐长船出发，寻找上海。昨天几艘战船出现在我们的视线中，并开炮以彰显他们的勇敢。我们很长时间都不知道该去哪里寻找吴淞口，因为当时天快亮了，海岸线到处都很低，且很统一，几乎看不到任何开口。在河口宽阔的两岸建有两座堡垒，标志着我们的航线是自西向南。我们约在4点钟到达，每座堡垒都放了15门炮，目的是通过警告来阻止我们驶入禁地。我们对这种接待并不在意，继续探测入口。我们发现吴淞口水深达6英寻。但是，在右岸，水面倾斜，只留

---

① 即徐公岛，位于舟山群岛以北，嵊泗列岛中部，是古代海上丝绸之路的中继站。——译者注

下一条可供船只通行的通道。左岸有一座城镇，一条通往南京的运河支流从西边延伸出来。我们在这里遇到了几艘官船，他们坚持要求我们立即返航。

这片地区的面貌与浙江大不相同。这里土地平整，沃野千里，人们精心耕作，看不到一座山丘，地势也不比海平面高出多少。由于用黄土制成的堤岸无法抵御河水的涌动，这里经常洪水肆虐。在这样的低洼地带会有许多草地，但这些草地都没有名字。中国人因地制宜，将这些沼泽地的水排出去，在这里种植水稻，因为水稻需要地势低且潮湿的土壤。他们不喜欢牛奶和黄油，也不喜欢养殖肉牛，因此他们从大片草地上得不到任何收获。但是，为了获得大米这种生活必需品，并向首都纳粮（江苏省纳粮的数目非常可观），他们把所有的精力都用来在这片肥沃的土地上播种，每年两次，一次播种稻谷，另一次种小麦。

我们参观了一些非常宽敞的房屋，这些房屋既是粮仓也是住所。当地人身材矮小，人和房子都很脏。看到我们突然来到他们身边，他们没有表现出多少好奇或惊慌。当我们走过茂盛的田野时，那里覆盖着成熟的麦田，到处都是人们收割小麦的身影。

在这片广阔的平原上，目光所及，没有一片地是闲着的，也见不到一处茂盛的植物。人们将房屋建成小的群落，居民拥有的土地只够维持他们的家庭，小村庄非常多。我们看到几位妇女在织本色棉布，我们仔细观察了织布用的棉花，颜色与布相同。船停在锚地，我们还在船上的时候，就有许多人来访，他们的好奇心似乎逐渐被唤醒，来访者就站在一旁，静静地注视着我们。他们既不具备浙江人的智慧，也没有浙江人礼貌。有些农民能识字，我们很高兴地把书送给他们；有些人犹豫不决，担心我们会要一大笔钱作为回报；其他人则感激地接受了这些书。我们用猎枪开了一枪，他们大吃一惊。他们习惯于使用笨重的火绳枪，但无法想象不使用火柴如何点燃火药。在一间房子里，我们看到张贴了皇帝赠送的一张黄纸，纸上的内容表达了皇帝对这对年迈夫妻极大的敬意。这张黄纸连同一件大型礼物都是由当地行政长官代为颁发的，他高度赞扬这对忠诚的夫妇。人们在阅读纸上所包含的真情实感时，一定会想到，父权主义政府理论上确实存在，而且偶尔在实践中表现出来。我经常对当地人说这些话，并劝说他们重视建立在这种友好原则之上的国家政府。

他们对这些话总是发出由衷的笑声，并将其归结为我的无知或极度愚蠢。他们说："我们的统治者想要钱，而且不在乎以什么方式得到。如果你知道这一点，你就了解我们政府的原则和做法了。"

我们现在距离上海城区还有一半的行程，许多船正在驶往上海。这里的船是长方形的，一般有四根桅杆，挂着帆布帆。船的重量很少超过两百吨，都有编号，在船身侧边用很大的字写着该船只所属的地方。他们的船只质量很差，经常失事。他们主要去往辽东或满人的港口，从那里进口油饼和豌豆，同时出口丝绸和其他江南制品。

我们很快就看到几艘从城里和吴淞来的船抵达了入口处，阻止我们前进，这让我们感觉受到了羞辱。他们人数众多，船上还有几位军事指挥官，他们坚持要求我们立刻返航。但我们的船更先进，我们抢先一步，在四点半的时候到达上海。岸边已经聚集了很多人，想看看我们的样子。我们走上一个石墩，面前是一座供奉着天后的寺庙。在所有的商业城镇都能见到这种寺庙和祭拜的人群。我们首先前往主要行政长官道台的府衙，向他提交一份请愿书。

这座城市建在河的左侧，房屋普遍低矮，街道狭窄，商店众多，有一些宏伟的寺庙，而且异常喧嚣。我们的到访非常不受欢迎。在道台衙门，我们获悉道台大人已经离开，去江口的吴淞镇与我们会面。我们对这一消息表示遗憾，但既然进了城，我们就打算趁机全面考察这个东亚最大的商业中心。当地知州戴着素金色顶戴的官帽，很快就出来严厉指责我们的到来。我们平静地回应了他的指责后提醒他，天朝的统治者要有礼貌，随后回到我们登陆时那座宽敞的寺庙住了下来。我们很快就认识了一个能担任翻译的人，因为他既会说福建话又会说官话。我们还没等上一刻钟，就听到有人宣告道台来了。道台在众多官兵的簇拥下来到现场，他以迅雷不及掩耳之势赶来，准备听取我们的诉求。关于调整"站姿"或"坐姿"等礼节性问题，我们就讨论了半个多小时。当我们进来时，他终于起身，而我们一直站着。他用非常严厉的语气说："你们为什么不去广州做贸易？任何船只到上海来做生意，那都是前所未闻的事情。遵守天朝的既定法律，不要来这里给我们添麻烦。"对此，胡夏米回答说："与广东的贸易正处于混乱状态，但这并没有波及江南省。

我们允许来自上海的船只进入我们国家的港口，我们认为自己应该拥有同样的权力把我们的船只开到这里。"经过一番争吵，我们退出去。我们刚坐下没多久，请愿书就被退回。他们向我们出示一份副本，因为让我们看到原件是多余的。然而，由于我们写那封请愿书是为了与上级官员沟通，所以我们拒绝再接受副本。

一些道士负责照顾我们的衣食住行。他们为我们提供了丰盛的晚餐，并且无微不至地关照我们。事实上，我们只能抱怨那些官吏，他们想把我们关起来，阻止我们进城。我们据理力争，劝阻他们不要对我们施加这种限制，他们很快就放弃了。

6月21日。早晨，胡夏米被勒令离开。我们对这些命令不以为意，赶在早餐前参观了城市的大部分地方。我抄录了一份言辞激烈的通告，这是在我们到达之前针对我们发出的，因为他们收到浙江方面的通知，提醒他们要警惕我们的入侵。尽管官方发布了非常明确的禁止售卖的命令，我们还是买了几件东西。

我们在返回途中遭遇暴风雨，在船进入港口时，我们正好到达。海军军官们已经上船，并命令我们立即离开港口。在进港的时候，两个炮台都开了火，那些战船也通过侧舷开了几炮。我们刚抛锚，那位总兵官就来到我们身边，他用直白的言语告诉我们，一刻也不能逗留。然而，就在我们争论这个问题的时候，我们的船长放了一声礼炮，作为对他们的回应。

6 月 22 日。一阵强风袭来，如果我们还在外面的岸上，它足以危及我们的生命。

我们沿河而上，在宝山地区漫游了一番。宝山区位于河道的左侧，是一片大面积的冲积地。随着每次退潮，这片冲击地每年都在增长。我们一上岸，士兵就整装待发，手持长矛、军刀和火绳枪。我们来到吴淞口，这个小镇人口众多。许多人跟在我们身后，我们给他们发送了书册，还有几名吏员在我们身旁护送。我们穿过许多肥沃的田地，到过许多村庄，并与来自四面八方的人们一起有说有笑。一路上，我们不得不跳过许多沟渠，这使得官吏们非常疲惫，对我们这种顽固的入侵者感到厌恶。我们返回时，士兵们再次展示他们的风采。他们的长官表现得像个绅士，讲话也非常友好。我们看到几门不同口径的大铁炮。军官一再向我们保证，这些战时准备并不是针对我们，而是为了定期检阅部队。

6 月 23 日。天色昏暗，微风习习，几艘船靠近我们。

6 月 24 日。我们说服我们的"朋友"不要使用"夷人"这个称谓，他们不分青红皂白地用此称谓来称呼我们。当中国人说起这个名字时，总是联想到狡猾和背叛。从这个词语在汉语著作中的使用情况来看，它就是带有羞辱的意思。从此之后，他们不再使用这个词，而称我们为外国人或英国人。他们非常强烈地反对我们购买任何东西，但是，我们无视这条可憎的禁令，向中国人购买了一些琐碎的东西，这使他们不得不面临责罚。

6 月 25 日。全天暴风骤雨。在这种令人不快的天气里，那些士兵住在帐篷里，承受着最大的苦难。我们真的很同情他们，但都没有用。他们中的大部分人看起来都是普通农民出身，组成了某种陆上民兵队来保护海岸，抵御彪悍的夷人的侵袭。

6 月 27 日。一早，两名此前经常登我们船的水师军官来访。他们接到命令，今天要把我们送出港口。如果此次劝说失败，他们将被降级。为了表明他们是认真的，他们拧下了帽子上的顶珠交给我们，顶珠是代表官阶的徽章，意味着从今往后，这些徽章对他们来说就没有用了。翻译官没有顶珠，他告诉我们，如果我们不离开港口，他就会被关起来。"他们并不是唯一牵涉此事的人，如果我们再待下去，连将军大人也会招致朝廷的不满，道台也非常害怕。"作为陌生人，我们从不干涉政府的行事原则，无论官员降职还是升迁都与我们无关，对于他们因我们而遭贬职我们感到抱歉。后来他们来告诉我们，他们被授意在我们离开之前询问我们想要多少中国的产品。于是我们给了他们一份所需物品的清单。这时，他们备受鼓舞，与我们友好交谈，只是谈话偶尔会被他们沉重的叹息所打断。

6 月 30 日。现在所有自由交往的限制都被取消，但张贴在吴淞口每个角落的公告和那些严禁"背信弃义的百姓与夷人进行任何交易"的告示还没有撤下。官员们劝说人们出售他们精挑细选的商品。这种突如其来的变化使百姓非常惊讶。一位店主以一种不友善的神情迎接官员，想着前一天还严厉禁止某事，第二天又践踏禁令，仿佛一切都没有发生。

我们参观了船对面的一座寺庙。这座庙是一位高级别官员建造的，用作公共度假场所。庙里有几尊巨大的神像，还有河流守护神和统治海洋的神。天后也有一个神龛，由一些手持三叉戟的神像看守。

今天的谈话令我感觉似曾相识。他们竭力使我们相信他们的友好，甚至表示他们收到了最明确的命令。我们只要求他们提供更多实质性的证据来证明其诚意，而不仅是说说而已。他们同意了。我们在寺庙的一个阁楼上坐了很久，被数百人挤在中间，当我们向窗外看时，他们非常高兴地瞥见了我们。虽然人很多，但没有出现任何骚乱或异动，因为官吏们没有殴打他们，他们也不需要反驳。

我们参观了左侧的堡垒，看到了这片地区内部的防御体系。这是一个非常庞大的结构，他们竭尽所能布置了许多堡垒与炮台，但这样的防御设施完全不堪一击，因为他们没有掌握筑垒和搭建炮台的技巧，完全依靠堡垒和城墙的厚度。我们稍加检查后发现，这两座堡垒都是按照欧洲的模式建造的，他们可能是从耶稣会士那里学到的。这里的河面宽度超过两英里，只要大炮能运到比较高的地方，这些堡垒就可以控制整段河面。但他们的火药质量堪忧，火炮的性能很差，方向控制更差。炮孔普遍过宽，没有按比例制造，而且我完全相信，一些炮手的处境会比他们的目标更危险。由于中国享受了长久的和平，他们所有的军事设施都已经老化。他们甚至急切地希望所有的设施都化为灰烬，战争应该从记忆中抹去。从中国的历史来看，这个帝国从未像现在这样庞大。满人全面掌握着统治权，并成功实现了所有政治野心。他们的赫赫战功取得了如此圆满的结局，使他们认为这个民族是不可战胜的，而且不需要防御工事就能自卫。这样想来也就不足为奇了。

尽管如此，还是很难确定如此庞大的天朝上国是通过什么手段来维持领土完整的。即便是对中国制度一窍不通的人，也不可能把它归功于天朝法律理论的智慧。许多法律条文看起来很好，但无法付诸实践，因为它们不适用于现状。还有一些法律被官员和个人所践踏，几乎没有任何法律能被严格遵守。我们也不能把这种政治现象归因于王朝的内部活力。就我对满人的了解而言，他们从汉人那里吸取了政治教训。显然，他们主要的行政管理手段就是贿赂，这些贿赂被大量地分配给那些有意质疑他们权威的人，以及那些有能力将其付诸实施的人。

中国统治者普遍崇尚和平，这确实值得称道。

尽管他们很残忍，但他们厌恶流血的战争，通常为防止流血事件的发生而做出巨大的牺牲。因此，我们并不责怪他们，而是希望在他们继续维护和平的同时，不再对其他国家表现得盛气凌人。我们还参观了军营，就是那些衣不蔽体、食不果腹的士兵的悲惨住所。他们大多是人群中的底层者，例如没有其他谋生手段的人。他们的外表异常憔悴。虽然我们的到来使他们遭受了巨大的苦难，但他们中的许多人还是设法得到了一件新外套，至少看起来很体面。在我们参观期间，他们尽可能表现得非常友好：没有茶，他们给我们送来了温水。他们的军官们一再感叹："我们这些人真是太可怜了！"那种极度的悲惨就表现在神情上。我们看到墙上挂满了箭，但看不到弓，他们说，弓在对岸。他们的盔甲制式并不统一，一些人佩剑，一些人拿火枪，还有一些人手持长矛，等等。在他们的上衣正面用大字写着他们所属的部队。他们的衣着与普通人相同，但从帽子可以看出区别。部分中国士兵的上衣背面写有"勇"字，这也是他们勇敢的标志。即便是士兵也会被强迫务农，在中国的某些地区，他们被安排耕种田地以维持生计。在其他地区，他们如果没有自己的农场，就为当地农民服务，替农民耕地，直到被召回参加军事检阅。大部分军官都是文盲，他们都是从军队中升迁上来的。然而，除了文学考试外，还有军事考试，并定期授予军事战术方面的功名。他们拥有与文官相同的功名，并在帽子上佩戴相同等级的徽章，即顶戴。但文官和民众都对他们极度蔑视。他们的俸禄很低，资源有限，处境也丝毫不值得艳羡。许多将军都是满人，他们享受着高额的俸禄，往往兼任着一些有利可图的文职。只要中国的和平状态持续下去，他们的职位就只是闲职。陆军与海军没有任何区别，军官或士兵从一方进入另一方没有任何困难，因为他们的地位都一样。

海军兵将大部分是福建人或广东省东部人。普通士兵和军官一般隶属于他们所驻扎的地方。只有在国家面临严重危难之际，他们才会被抽调到边境地区，为国战斗。清帝国实际的军事力量与账面上的数字差别很大。军官们的做法将所有军饷据为己有，而不给士兵发军饷。只要天朝上国与欧洲列强纸上谈兵，把他们留在纸面上就足够了，而她又太谨慎，不敢轻易与外国刀兵相见。

根据《耶稣会士书简集》（*Lettres Edifantes*）中

的各种描述，我们迫不及待地去参观崇明岛。虽然我们在进入吴淞江时离它很近，但我们几乎没有察觉到崇明岛的存在，因为那里地势太低。我们于上午九点半出发，向东北方向行驶，越过河岸，在其他几个岛屿之间穿行，这些岛屿以前都是浅滩，后来地势逐渐增高，冲击地的范围不断变大，现在人们可以在此居住。到达崇明岛后，我们进入一条小溪，在那里我们发现停泊着一艘船。这座岛完全由长江冲积形成，地势很低，几乎与海面持平。为了方便农耕，人们在岛上开凿了小溪，并筑起堤坝，但这些堤坝在涨潮时就是无效的屏障。岛上人口非常密集，到处都是由两三间竹制小屋组成的独立群落。田地里种着水稻、高粱和可食用的植物，我们还发现了杏树和桃树，以及质量很差的苹果。

我们向距离海岸线约两英里的河镇（Ho-chin）①走去，沿途穿过一片片富饶的耕地，令人身心愉悦。起初，当地人对我们的突然造访很惊讶，因为他们从未见过欧洲人。但他们很快便习以为常并且表现得非常友好。这里曾经有一座耶稣会士建造的传教

---

① 即"新河镇"，位于崇明岛中部沿岸，河道交通发达，是岛上东西交通的枢纽。——译者注

站，而作为第一个来到这里的新教传教士，我感到心满意足。

我们与这些海岛居民建立的友谊是以往在任何地方都不曾有过的，他们迫不及待地为我们提供帮助，似乎就是为了证明中国人并不厌世。镇口（Chin-ko）本身是个非常繁荣的地方，这里有许多商店，其中不少是典当行。这些行商应该是附近最富有的人。街上人头攒动，我们几乎无法穿过，但他们并不粗鲁，而是饶有兴致地向我们展示一切值得注意的事情。在我们离开的时候，有人为胡夏米提供了一辆独轮车作为交通工具。这种独轮车由一个人推着，不仅有座位，还能放一点行李。有许多人跟在我们后面，一路上不停地询问各种问题。令我们惊讶的是，一群活泼的小男孩在我们周围欢快地玩耍，但他们并不完全是在喧闹，偶尔也会转向我们，提出一些有见地的问题，当他们感到心满意足时，就互相交流。许多人站在岸边向我们热情地道别。靠近江口处的堡垒时，我们遇到一艘派来追赶我们的官船。防备夷人的官员由于所谓的失职而受到非常严厉的惩罚。

我们的官员朋友本以为我们完全不知道有这样

一座岛存在，因此，知道我们发现了这座岛屿并把它标记在海图上之后，他们感到非常气愤。他们费尽心机不让欧洲人了解中国，从这一点来看，他们不相信我们对他们有任何了解，甚至认为我们连中国最有名的城市也不熟悉。因此，当我们提到江苏省的主要地区和通往南京的运河时，他们感到非常惊讶。因此，他们得出结论，一些背信弃义的中国人背叛了自己的国家，把夷人带到了天朝最肥沃的土地上。当看到我们在康熙年间绘制的地图时，他们几乎没有任何兴致去研究自己国家的构造，因为地图上的名字都是外国文字。

7月5日。我们再次来到上海。尽管风向不利，潮水还是帮助我们在七点半抵达。我们在天后庙住下，那里的人群又聚集在我们周围。

官员对我们无礼的造访感到十分困惑，于是急忙赶到寺庙。他们这次表现得比以往随和，但他们张贴了两份骇人的布告，我立即摘抄下来。他们还试图阻止我们进城，但我们通过另一个他们无法关闭的门进入。我们买了大量的丝绸和一些琐碎的东西，他们起初非常反对，虽然他们名义上禁止店主出售，但很快便允许我们自由购买。我们回到老地方，那里的道士一直对我们非常友好，他们准备了丰盛的晚餐。官员们为我们提供一切便利，使我们能够做自己的生意，我们应该真诚感谢他们，因为这是他们难得向陌生人表达善意。

不难看出，上海的重要性仅次于广州。尽管这里可能不是长江沿岸唯一的商品交易市场，这里也不是向江南进口商品的唯一地点，但来自南方各省的船只都被禁止驶入长江以北的港口。

这里的商贸一直很发达，如果允许欧洲人进入该港口，贸易量会大幅增加。数百万外国人居住在中亚，外国商品的消费需求巨大。因此，进口量远远超过出口量。出口产品主要包括生丝、丝织品和茶叶，以及由江南人的巧手制造的工艺品。前往该地的船只可以在乍浦①（Sha-po，位于浙江省杭州市）和苏州（位于吴淞江以南）停靠。苏州是整个大清帝国人口最多和最宜人的地区之一，完全称得上是中国的阿卡迪亚（Arcadia）②。这片地区拥有如

① 乍浦，今属浙江嘉兴，为清代浙北地区"海口重镇"。——译者注

② 阿卡迪亚，希腊南部地区，在诗歌和小说中常用来指代世外桃源。——译者注

此巨大的商业潜力，却一直被忽视，这实在令人惊讶。由于担心触犯中国法律，往来船只甚至不敢尝试通商。阻碍确实存在，但并非不可逾越，这里的阻碍肯定比新西兰和马达加斯加的要少。

7月6日。从苏州来的两位使者，负责解决我们的事务。其中一位是戴着红色顶戴的副将，另一位是戴着水晶顶戴的文官。他们正式邀请我们参加这次会面，解决纠纷。他们坐在寺庙的大厅里，与我们的座位相对，并以最友好的态度接待了我们。寒暄之后，我们在他们身边坐下，作为主要发言人的副将询问我们是否去过上海，并且是否已经购买了必要的物资。听到我们对这趟行程感到满意，并且对官吏也没有抱怨，他非常高兴。胡夏米滔滔不绝地说明允许我们开展贸易的理由。他们坚持将天朝亘古不变的法律作为他们的一般原则。我们提到了更古老的法律，那些法律允许我们到中国任何港口进行贸易。然后，他们要求我们向自己的君主陈述此事，以便君主派遣合适的人进行谈判。当我们各自的君主就此事达成一致时，他们会高兴地给予我们自由贸易的许可。

傍晚时分，我们来到河对岸参观一些小村庄，这些小村庄散布在这片冲积平原的各个角落。这些小屋一般都建在树丛中，如果注意保持清洁，居住环境会非常宜人。但是，村庄四周散发出刺鼻的气味，让人几乎不敢进入。所有的田地收成都很好，但居民人数太多，即使大丰收，粮食也会被抢空。我们非常认真地为读者分发一些书册后，走到更高的地方，转向堡垒。驻军感到非常惊慌，一些士兵出来阻止我们前进，但他们被船上的副官不客气地赶了回去，这位副官是我们的伙伴之一。我们检查了炮台，经过几队士兵，最后来到堡垒旁的军官面前。他们恳求我们不要进去，因为他们的上司禁止这样做。这里有一个开放的马厩，供帝国骑兵专用，但里面全都是小马驹，显然无人看管，而是任其自生自灭，堡垒外的营房已经被水淹没。他们很乐意为我们提供一切力所能及的帮助。他们对那些文官抱怨得最厉害，因为那些文官把他们丢在外面，经受风吹雨打。当大雨倾盆而下时，他们不得不站在没过膝盖的泥泞中。我们尽可能地安慰他们，并回答了许多他们好奇的问题。

为了减轻我们的苛责，道台送来一份更合理的布告，但是，由于缺少印章，我们将其退回，这使翻译和官员们大惊失色。后来，道台被说服，在文件上加盖了他的公章。

7月8日。我们积攒了大量的食物，部分是买的，部分是收到的礼物。随后我们准备出发，我们锚地的位置是北纬31度23分，东经121度20分。前两天他们允许人们上船。

我们也向他们赠送了礼物。他们把礼物放在衣服里，随后便向我们告别。他们非常友好地为我们提供护航船队，这让我们无法拒绝。

我们刚离开港口，他们便疯狂地射击，这让我们对他们所谓的"英雄主义"深信不疑。军营立即被撤走，官吏们无疑松了一口气。如果我们以敌人的身份来到这里，整个军队抵抗不了半个小时，因为他们整体士气低迷。他们的战船甚至连我们装备精良的最小船只都无法抵挡。民众十分反对贸易限制。我们已经完全确认了所有这些调查信息，并将其报告给在华传教士和商人，以引起大家对这一领域的关注。

由于天气炎热，蚊子很多，所有人都或轻或重地生病了，我们很高兴能离开这片沼泽地。

潮水对我们的航行十分有利，我们沿着河岸缓慢前行，后面跟着大清帝国的护航船队，保护我们在去广州的路上免受海盗的侵扰。我们此前从未走过这条航道，里斯船长在最关键的时刻将船只从极度危险的情况下解救出来。他还为我们访问过的港口绘制了精确的海图。

7月14日。我们在长江沿岸的航行没有受到任何影响，随后抵达山东岬角威海卫，英国曾在此设立大使馆，坐标是北纬37度8分，东经121度20分。我们立即在刘公岛登陆，岛上居住的渔民对我们的突然出现感到惊奇。在翻越山丘时，当地人不止一次地表现出谨慎和不友好的态度，似乎就体现在每张脸上。大多数人拒绝或退回我们的书册。这里的房屋是用花岗岩建造的，上面覆盖着海草。人们看起来非常贫穷，事实上整个山东省都很贫穷。他们比南方省份的居民更强壮，显然也更健康，但女性则相反，看起来苍白无力。如果训练有素，他们会成为优秀的士兵，因为在我见过的所有中国人中，他们是最勇敢的。为求生计，他们被迫去寻找满人宜居的海岸，在那里可以得到大量的工作和各种谋生手段。最近，他们大量涌向那里，形成了大片的聚居地，极大地促进了两地的繁荣。当地人都能流利地讲官话，如果想学好官话，待在这里是个不错的选择。

船刚停稳，一个身材高大的官员就上了船，进入船舱，并依照惯例进行盘问。他对我们的到来显得很谨慎，而且丝毫没有感到困惑。几个随行官员跟在后面，其中有一个来自北直隶的文人，举止非常随和。他迫切地想知道我们到过哪些地方，以及到达各地的时间。根据皇帝的命令，我们不能上岸，但为了抚慰我们，他们便夸大其词，称威海卫极度贫困、毫不起眼，并强烈建议我们去辽东，在那里可以开展各种贸易。

晚饭后，我们上了岸。一位军官强烈要求我们不要再往前走，但我们没有听从他的禁令，而是沿着一堵墙慢慢前进，最终到达一座山顶。这里有两块石头，我们从上面的铭文得知，这座城市建于明朝，在永乐年间（1423 年）进行过修复。文中还提到日本人的入侵，并认为这座城市是抵御入侵的坚固堡垒。

那名官吏发现我们继续前进，非常愤怒。田地里种着小麦、洋葱、大蒜、高粱和其他可食用的农作物。返回途中，我们与那位官员向导约定，应该向我们出售食物。他叫来一位老人作为他的发言人，向我们解释与当地有关的每件事。

7月16日。我们满以为官员们会遵守诺言，就上了岸，但发现人们并不愿意卖粮给我们，每个人都想给我们施加压力。我们厌倦了逃避，便去面见那些官员，他们正坐在一个供奉天后的庙宇里。他们抱怨说，我们带着一把猎枪上岸，还多次开枪。我们为自己辩解，在一个陌生的地方武装自己是我们的习惯，而打猎是我们的消遣方式。但是，在多次请求之后，我们最终不得不离开，没有达到目的。

我们现在准备前往朝鲜，并登上开往天津的船。其中一艘船来自暹罗，所有船员都认出了我。

第六章

7月17日。一阵强风吹过，朝鲜出现在我们眼前。

这是一个奇特的国家，在谈及我们交易的任何细节之前，我将先介绍这个国家的情况。

高丽，当地人称之为朝鲜（Chaou-seen），中国人历史上也称其为高句丽，与中国之间相隔一道木墙。西海岸的水面上分布着众多岛屿。在耶稣会士所做的海图上，这些岛屿和陆地连为一体，因此这个半岛被向西延伸了两个经度。我们所见之处土地肥沃，水源充足，但人烟稀少，耕地更少。这里只是清帝国领土的外缘，我们认为半岛内部不会像中国沿海省份那般人口稠密。他们仍然处于未开化的野蛮状态，不可能拥有大量的人口和繁荣的社会。同样，我们认为这里不可能存在任何大城市。这对于可恶的排外制度尤为重要，这种制度也没有被带到任何比朝鲜更远的海洋国家。

朝鲜国王可谓"万岛之王"，整条海岸线上布满各种形状的岛屿。虽然他的王国有足够的力量维持独立，但他长期以来一直臣服于天朝上国，每年向清廷进贡四次。

早在尧时代，中国人就已经知道朝鲜的存在。朝鲜人在不同时期多次攻击"中华帝国"，并经常取得胜利。他们自然很早就采用中国文字，直到现在他们还在使用汉字。由于大清帝国对外政策的影响，加上王国被各部落割据，朝鲜国内似乎爆发过多次叛乱，使得该国一直处于蛮荒状态无法摆脱，而邻近的中国和日本社会文明则发展迅速。明朝初年（1368 年），当时的高丽便派遣公使面见洪武皇帝，希望为其国王加冕授玺。洪武皇帝欣然同意，高丽从此被认为是中国的附属国。在日本好战君主丰臣秀吉统治时期，朝鲜多次遭到日本入侵，并最终被日本人征服。中国曾试图驱逐日本人，但遭到他们奋勇抵抗，最终无功而返。日本不仅没有放弃朝鲜，还出动舰队，扰得整个中国沿海鸡犬不宁。正是在此时，基督教或者说天主教异端第一次在朝鲜得以传播，因为许多日本将军和士兵都是基督教徒。丰臣秀吉死后，日本军事长官下令撤军（1598 年），这场战争一共持续了七年。如此，日本人失去了多次胜利取得的成果。中国人也没有输掉作为最高统治者的权威，即全天下的人都应该向他们低头。从此，朝鲜再没有经历多少变化。朝鲜国王没有中国皇帝的授权便无法执政，也无权自主地选择幕僚或继承人，所有这些都必须得到中国皇室的批准。在其他方面，朝鲜是个独立的王国，中国人很少干涉其内政。朝鲜的臣民不被允许去往其他国家，甚至中国人也不能在朝鲜定居。他们与日本边境的居民在对马岛①进行贸易，对马岛与朝鲜的庆尚道相对。他们与中国人和俄国人的贸易在位于满族边境的凤凰城②进行。

---

① 对马岛，位于朝鲜海峡中部，今属日本长崎县管辖。——译者注

② 凤凰城，今辽宁省丹东市凤城市，位于中朝边境。——译者注

在这里开展贸易必须保密并且十分谨慎，以免产生冲突，从而颠覆他们的古老法规。看到人们如此顽固地坚守着古老而无用的陈规旧俗，而不是渴望跟上时代的步伐，世上再没有比这更荒诞可笑的事了。

我们从未发现朝鲜有任何重要的出口商品。从我们的观察情况来看，结合当地的气候条件，这里一定有很多产品出口到南欧。当地人很想说服我们，他们的国家不出口任何产品，但他们与日本和中国的贸易恰恰证明，情况完全相反。然而，我们应该充分考虑这个国家未开化的状态。他们不允许中国人从山东迁移过来耕种大量荒废的肥沃土地，倒是选择以咸鱼为生，不与外国人来往。只要他们所吹嘘的排外制度持续下去，他们还会处于世界各民族的最底层。

我们在巴西尔湾（Basil's bays）① 以北的长山岛（Chwang-shan）② 抛锚，整座岛被沙漠般的死寂所笼罩。我们小心翼翼地向岸边走去，首先遇到一艘破旧不堪的渔船，两个衣衫褴褛的当地人坐在船舱里。虽然我们无法与他们进行口头交流，但我们可以用

① 位于今韩国忠清南道舒川郡西北部海湾。——译者注
② 具体位置暂不可考，此处为音译。——译者注

汉字书写。我们送给其中一位老人几本书和一些狮子纽扣，他非常高兴。我们刚登上一个小岛，就有几个当地人从山坡上下来，他们戴着马鬃制成的圆锥形帽子，穿着普通的中式外套和长裤，但比较宽大，没有纽扣。他们的神情举止都十分严肃。一位手持拐杖的老人让我们坐下，重复了几遍"坐啊"（tshoa）。我们应邀坐下后，他说了很长一段话，我们一个音节也没有听懂，但他看起来非常投入。我们有幸找到一位略懂中国话的年轻人，再结合老人意指明确的手势，我们才得知，他是在向我们介绍自己国家的规矩，以及陌生人到来后需要承担的义务。

他们以为通过几番劝说就可以把我们留在海滩上，但我们还是匆匆上山。他们看到此情此景该有多么惊讶！当我们往他们住所的方向行进时，他们坚定立场，无论如何也不允许我们继续前进。究竟是什么原因让他们如此谨慎，甚至不允许我们参观他们破旧的土坯小屋，我们百思不得其解，但还是放弃了前进的打算。我们发现山上生长着野百合和野玫瑰，土壤看起来非常肥沃，但没有任何耕种的痕迹。我们下山时，他们给我们提供了烟斗和烟草，似乎对我们听从劝告感到很满意。他们详细地询问我们的年龄、姓名和国籍。老人急于让我们了解朝鲜国王的威严，称每个人都应该对朝鲜国王心生敬畏，一提到国王的名字就要肃然起敬。

7 月 18 日。我们出发前往昨天在山上看到的一个村庄。我们一上岸，就有人甘愿冒险带我们参观他们的村庄。许多人都戴着大帽檐的黑色帽子，辫子编得很优雅。他们的衣服是用一种麻布做的，一直垂到脚踝，袖子又长又宽，还可以当口袋用。大多数人都穿着长筒袜和非常合脚的鞋子。他们个子不高，身材中等，具有蒙古人的样貌特征，而且体型十分匀称。他们把头发扎在头顶上，如果已婚就在头上戴顶圆锥形的帽子，而未婚的人就像其他人一样留着长辫子，但不剃头。我们远远地看到一些女性，穿着短外套，留着各式各样的辫子。从外表上看，她们比男性更加羸弱。考虑到她们地位卑贱，依附于丈夫生活，她们身上没有开明国家女性的吸引力也就不足为怪了。

找我们的这群人中有个人拿着一把欧洲造的火绳枪，他还有一支火药铳，看来他很熟悉火器的使用。我们不知道他是从哪里得到这把枪的，枪看起来很老旧，但质量很好。我们推测，可能是欧洲船只曾在附近海岸搁浅，当地人因此得到了一些欧洲物品，这就可以解释为什么他们对我们携带的新奇玩意儿无动于衷了。两个多世纪前，一艘荷兰船在这片海域迷失方向，船员们被关押数年，直到最后有个人逃出来，在阿姆斯特丹发表自己的惨痛经历。18 世纪，几名耶稣会士获准进入朝鲜半岛，但任何欧洲国家都未曾到过这个半岛进行贸易。一些牧师向已故的葡萄牙女王提议派遣使团到这里，包括精通数学的人才，以便他们在宗教和科学方面给这个国家带来恩惠。当时，朝鲜宫廷中有一些高官信奉基督教，他们试图利用自己的影响力推动与外国势力的商业往来，但该计划从未成功过。根据我们掌握的所有资料，目前朝鲜都城没有欧洲人，朝鲜人连基督教是什么都不知道。相关记载详细描述了朝鲜国内基督徒所遭受的迫害，以及他们表现出的英雄气概，但我们不知道可信度有多高。如果照其所说，成千上万的人由于信仰被处死，那么基督教就会活在当地人的记忆中，至少是作为一种被禁止的信条，但是，我们没有发现任何蛛丝马迹。这种厌世的封闭体制一直持续到今天，我们不知道什么时候上帝会让这些无法克服的障碍消失。

我们很想到村子里走动，但在一个残破的小屋旁被拦住了，几个穿着体面的当地人挡住了我们的去路。我们想换取一些牛，因为这里牛很多，而且很想知道某位高官的住处，以便向他递交一份呈给国王陛下的请愿书。我们以给君主致信为由，希望他们以礼相待。他们写道："请把内容告知我们。"我们回答说："我们怎么敢把伟大国王的事务告知他的臣民呢？"他们回答说："向官员报告，他们会报告给国王。"于是，我们请求他们叫来一位高级官员，以便向他传达我们的意愿。他们说出了一位官员的住所，这位官员就住在北边几英里的地方。他们让我们立即上路，以便尽快远离我们，摆脱麻烦，同时我们也能达到目的。之前另一个人明确地告诉我们，如果我们不及时撤退，他就会立即叫来士兵把我们赶走，我们的生命会受到威胁。至此，他的态度才有所缓和，他简单地问道："你们准备何时出发？"当我们为他们分发一些琐碎的东西时，几个当地人做了砍头的手势。其他人偷偷地把一些纽扣装进口袋，有个人收到一本书，马上便归还给我们并大声喊道："pulga！"我们将其理解为"火"或者

"烧掉它!"。我们很难找机会直接送给他们书籍。

他们的行为与中国人形成鲜明的对比。如果我们现在离开朝鲜半岛,除了其他旅行者的描述之外,我们还应该向世界说明,朝鲜人是世界上最厌世的民族。他们的勇气足以抵制每个入侵者,所以在那里得到的只有威胁和伤害。从我们与他们的第一次会面开始,我就非常怀疑这一点。我认为他们很懦弱,欺软怕硬,但没有足够的理由来支持我的观点。虽然他们非常清楚地表明不欢迎我们的态度,但我们仍然可以看出他们在对待无恶意的陌生人时内心的挣扎,因为每个普通人心中都存在着原始的人性,这是无法完全消除的。

我们再次上路,途中参观了一艘停泊着的大型渔船。这里的船只结构都非常粗糙,遇到大风大浪时完全无法驾驭。我们无法想象这些船是如何组装起来的,因为船身上没有铁,甚至没有用一根钉子来连接各个部件。船上又脏又乱,他们的船舱环境和船员个人都一样邋遢。船夫由于没有受到同胞的监视,对我们表现出极大的热情。由于无法报答我们送给他们书籍的恩情,他们就送给我们烟叶,并对我们屈尊接受感到非常高兴。后来,我们在每个地方单独遇到朝鲜人时，发现他们都和这些渔民一样幽默随和，乐于助人，因此，我们应该把对待陌生人的敌意归结为政府灌输的铁律。我们认为，岸上的人所做的那些斩首的手势不只是作秀，他们普遍采用这种手势让我们相信，政府会用死刑来惩罚每个敢于和陌生人建立友谊的罪人。

7月23日。我们将船停泊在众多岛礁之间的一处地方，随后参观了附近的一座山峰。我们离开长山（Chang-shan）后，又沿途观察到一些海浪冲刷形成的风景如画的洞穴。许多柱子是由非常坚硬的褐色玄武岩砌成的，就像艺术品一样规整。有些地方看起来就像一座哥特式风格建造的常规教堂，却已经成为废墟。许多地方都设有一些小壁龛，还有些东西像是雕像底座和房屋飞檐的碎片。我们在这些大自然的鬼斧神工中自娱自乐良久，最后被海湾里嬉戏的海豹带走了注意力。海豹并不害怕我们会攻击它们，因为它们好奇地盯了我们很久。我们射杀了一只海豹，为船上生活提供了大量油脂。

这段时间大雾弥漫，我们在众多岛礁中的航行变得非常危险。阵阵清风吹来，很快驱散了迷雾，随后我们又陷入难以穿越的黑暗之中。下午，天气稍微放晴，一些渔民前来拜访，并邀请我们上岸，他们来自我们锚地右边的一个村庄。我们接受他们的邀请，匆忙赶到他们残破的住所，吃了他们提供的食物。我们打消了他们的顾虑，随后登上一座山，在他们房子前面的一个斜坡上坐下来。但是，为了让我们的来访尽可能不生事端，这所房子的住户已经被疏散，我们只是碰巧看到一个女人全速跑上了山。我们在这里吃到咸鱼干和一种蒙古人常喝的酸酒。但在招待我们之前，他们自己也吃了这些东西。因此，看到印度水手不愿意品尝他们提供的东西，他们感到十分担心。他们不相信是宗教信仰导致印度人拒绝享用这些食品，因为他们自己几乎没有宗教感情，他们很难相信别人的善行是受宗教的指引。在这段时间里，我们询问了很多关于他们国家的情况和官员的住处等信息，令人遗憾的是，虽然我们充分满足了他们的好奇心，但他们连这些微不足道的问题都没有给予我们满意的答复。所有这些对话都是通过书写汉字进行的，虽然朝鲜人的发音不同，但对他们来说，汉字所表达的意思都是一样的。

7月24日。一艘大船向我们靠近，他们先递上一张纸条，对我们在风雨交加天气下的艰难航行表示同情，并向我们保证他们并非前来恐吓，随后便登上我们的船。一些人自称是官员，他们进入船舱，并且非常随意地喝了我们的朗姆酒。他们礼貌地询问我们国家的情况，指出我们停泊的地方非常危险，并补充道：他们将把我们带到一个叫安港（Gan-keang）①的海湾，我们可以在那里安全地停泊，会见官员，商讨贸易事务，并得到补给。当天，我们并没有遵照他们的提议前往安港海湾，因为天气状况很差，不过我们向他们承诺明天出发。

他们领头的官员非常善于沟通，但他不愿意告诉我们朝鲜国王的名字，只是说国王在位36年，统治着300多个城市。他们知道中国的货币"银票"，他们说这种货币在朝鲜也流通，但他们连"一两银票"都没见过。他们说："在我们国家，既有银矿，也有铜矿。"其中一人用家乡方言向我们解释一部中国经典，他读得非常流利。我们给他看了一本中国的统计类著作，其中记述朝鲜国王每年向中国进贡四次，并问他这是否属实。他毫不犹豫地回答，这是事实。

----

① 位于今韩国忠清南道保宁市元山岛附近，距离李氏朝鲜首都汉城直线距离约140公里。——译者注

7月25日。乌云散去，我们再次迎来一缕阳光。昨天的朋友也回来了，并带了一名大副上船。当他们的重度酒瘾得到满足之后，我们便启航了。风向和潮水都非常有利，我们很快就抵达安港，并找到一个非常便利的避风港抛锚。我们船上大副有很多，都吵着要指挥，但只有一个人认路。我们刚抛锚，就有几艘官船靠近。一个名叫杨志（Yang-chih）的小个子身形敏捷，自称是官员。他把昨天来访的滕诺（Teng-no）记录的所有问题和回答都记了下来。所有人看上去都非常欢迎我们的到来，并承诺我们很快就会见到那些高官，向他们递交信件。据称，首都距离此地只有300里（lees），我们可以很快得到答复。他们特别渴望与我们建立友谊，并给予我们很大的希望，让我们觉得不虚此行。

7月26日。又有一些船只靠近，同样的问题不断重复，直到两位高官抵达。他们都是德高望重的老者，衣着与普通人无异，只是身旁挂着一块小竹牌，上面写着他们的官职和地位。他们都穿着透明材料制成的披风，很适合防雨。他们的大帽子上也覆盖着相同的材料。他们特别询问了我们航行的时间，并特意抚慰我们，在如此漫长的航行中所经受的艰辛。我们不得不向他们解释英国为什么被称为大不列颠（Great Britain），以及印度为什么被称为印度斯坦（Hindostan）。他们的问题非常简短，也没有多少实质性的内容，因此他们不久就离开了，我们很高兴。晚餐的时候，有人送到船上一些小菜，包括鱼干、大豆和酒，放在矮桌上，请我们坐下来吃饭，我们感到无比惊讶。他们用这种特殊的方式来展示好客之情，但我们还是很遗憾地拒绝了，因为这实在令我们反胃。所有的水手都受到了邀请，但没有人敢去碰那些当地人自己都觉得难以下咽的东西。

在两位谈判代表滕诺和杨志的陪同下，我们带着礼物出发了。这些礼物包括雕花玻璃、印花布、西洋呢绒、羊毛等，还有那封用汉字书写、红绸包裹的信。我们来到一座简陋的村庄前，有人告诉我们，官员们都出去了，无法前来接见。然后，我们回答说，我们将等到他们回来，并沿着穿过村庄的一条小路向前走去。在那里，我们遇到一个士兵，他戴着一顶大檐帽，大量的红发垂下来。他拿着一个喇叭，一看到我们就开始吹喇叭，既是为了向众人通知我们的到来，也是为了吓唬我们离开。与此同时，两位官员都出现了，一位是军人，姓金，另一位是文官，姓李。他们坐在露天的山轿上，由四个人抬着。他们立即下令，驻扎在路上的哨兵玩忽职守，竟然让我们走了这么远，应当受到惩罚。

这个可怜的家伙扑倒在轿椅前等待惩罚，他将被一种类似于船桨的工具击打。在这个关键时刻，我们展开斡旋，并告诉两位官员，如果这个无辜的人因为我们而受到惩罚，我们将立刻撤退。这次交涉起到了预期的效果，士兵们停止了杖刑。旁观者对我们的人道主义行为感到高兴，我们此时准备商讨我们的事情了。但官员们下令在海滩上搭起一个棚子，在沙地上铺上垫子，让我们坐在上面，而他们则坐在虎皮上。我们立刻向他们说明，不允许我们进入房间来解决公务，这种做法很不礼貌，我们感到非常吃惊。如果不能恭敬地接受我们的信函和礼物，我们就准备离开。结果如我们所料，他们派人去清空了一间房子，最后带我们到一个房间外，我们就蹲在门口的"斜坡"上等待着。在我们进屋之前，一个可怜的家伙被抓住，在官员面前跪地求饶，大腿还被踢了两下。官员谎称被抓的人在公开贸易中有不当行为，但实际上此举是为了让我们对官员的权威产生应有的敬畏。

我们正式交付信件和礼物后，他们递给我们一些大蒜和酒，并答应迅速转送我们委托给他们的东西。同时，他们给我们送来两头猪，一些生姜和大米。这充分证明了他们的善意，我们很满意。虽然他们的法律显然不允许外国人进入其住所，但每个地方对待夷人的友善之举都超乎我们的预料。

夜里滕诺和杨志前来做进一步询问，他们迫切地想知道，一艘船要经过多少个王国才能从英国到达朝鲜，英国领土包括多少个州和地区，"你们与中国的关系发展到了哪一步？你们也向'中华帝国'进贡吗？"

经过询问，我们发现他们的整个政府体系都是模仿中国的模式。他们有同样的考试、同样的官阶和部门。我们很想知道送往首都的信多久才能送达，他们说有可能在30天内，因为现在距离首都有1000里（昨天只有300里）。为了向他们说明这种说法是错误的，我们给他们看了地图，指出首都所在的位置。他们感到十分惊讶，外国人竟然对他们的国家如此了解。经过一番掩饰，他们承认说的是假话。官员的行事做派也与中国如出一辙。当我们乞求时，什么也得不到；当我们要求时，什么都能得到。

7月27日。他们再次准确地记录我们船上所有船员的名字和年龄，并告知我们，这些信息都会以恰当的方式呈交给国王。但我们不知道国王为何如此急切地想知道每个印度水手的名字。他们详细地询问我们在长山时与当地官员的沟通情况，追问我们为什么没有把信函送到那里，以及我们见到了多少人。这两位官员与我们共进晚餐，那位低级文官表现得非常粗野，金姓军官则举止得体。我们费了一番波折，终于取得上岸许可。刚上岸就遇到一个士兵，打算阻止我们。当他看到我们行色匆匆时，做了一个砍头和剖腹的手势，因为他如果允许我们继续前进，他将不可避免地受到惩罚。然而，我们的向导滕诺责备了这个士兵，他灰头土脸地挤出一丝笑容。我们走遍整个岛屿，只有紧邻村庄的小部分土地是耕地，大部分地方都长满野草和其他草本植物，是绝佳的山羊牧场，但我们没有看到一只山羊。朝鲜海岸的植被远远优于中国沿海，中国海岸到处是贫瘠的岩石，无法进行任何耕种。但这里土地肥沃，居民却不耕地。这个偏远地区为植物学研究提供了大量的标本。在山顶上，我们看到一座石头建筑，后来才知道那是一座寺庙。

我们走过寂静的坟地，这里只有一些土堆，毫无规律地堆积着。胡夏米射杀了一条巨大的毒蛇，这种毒蛇经常在这里出没，当地人都非常恐惧这种蛇。

大约九点钟，我们的例行检查员杨志和滕诺到了。他们想知道这艘船是用什么木材制成的、桅杆的高度、船舱的数量等。"你们打算怎么处理所有的货物？""我们想全部卖掉。""你们希望得到什么回报？""金、银、铜、药品或其他任何有市场的商品。"对此，他们回答："我们的黄金来自中国，我们的铜来自日本，我们的银很少，但我们有铁。说起中国商品，我们有纸和草布。"从他们的陈述中可以看出，孔子学说是他们的普遍信仰。他们为纪念这位儒家创始人而建立了寺庙，认为孔子学说无懈可击。虽然他们崇拜神像，但他们厌恶佛教，也不了解道教。

他们宣称自己相信灵魂不死的观点，但并没有就这一重要问题进行解释。当我们怀疑他们是否认真地思考过这样一个令人慰藉的信条时，他们变得很生气。我们在他们的房子里从未发现任何偶像崇拜的痕迹，也没有看到他们举行过任何宗教仪式。从所有的情况来看，他们是非常没有宗教信仰的民族，也不渴望了解那些可以提供死生慰藉的有益教义。

朋友们非常担心我们会把从他们那里了解到的关于国王的情况告诉官员们。他们反复说："如果他们听说我们告诉你们他有一个妻子，或者首都距这里只有不到 300 里之类的信息，我们就会掉脑袋。"我们保证绝不透露任何信息，同时让他们询问关于我们国家首都的情况。但我们无法提供那里驻军的确切人数，他们对此感到非常不满。

7 月 30 日。两位官员前来拜访，以安慰我们的苦难，其中一位是驻扎在奇迹岛（Tsee-che-to）① 地区的金将军。他们二人都身着最高级的丝绸。金将军戴着一串琥珀珠，将帽子系在头上，上面插着一根孔雀羽毛。他们行事非常有分寸，从不干涉任何与他们的直接任务无关的事务。与此同时，我们的老朋友阿金准备了晚餐，包括糕点、意式面条、蜂蜜、猪肉、瓜果、沙拉、醋和米饭。这次，他们全

---

① 此处为音译，具体位置暂不可考。——译者注

心全意准备可口的食物，我们也没有辜负他们的好意。他们非常高兴看到我们脸上露出笑容，而且没有拒绝数量不多却诚意满满的晚餐。晚餐之后，我们邀请他们明天屈尊赴宴。对于这一邀请，他们没有给予明确的答复。这些人看起来很像朝臣，而且我们确信他们是从首都派来考察我们情况的。我们向他们传达这一观点，但他们总是予以否认。

今天下午，我们上岸种土豆，为了确保成功，我们以书面形式给他们提供必要的指导。本是出于好意，但他们起初极力反对，因为引进任何外国蔬菜都是违反该国法律的。我们对他们的反对意见不屑一顾，而是详细阐述这种创新可能带来的好处，最后他们默默遵从了我们的建议。

在解释我们四处走动的动机时，一名将军的卫兵由于没有及时驱赶周围的群众，即将在我们的座位前面受罚。在我们的要求下，他立即被释放了。好像他们行事的准则就是要用其严明的纪律给外国人留下深刻印象，让他们知道如何尊重强势的官吏。

今天我们参观了山上的寺庙。这座寺庙只有一间房屋，四周是纸糊的窗，中间摆放着咸鱼作祭品。只有一条小型的金属龙摆在地上，除此之外看不到任何神像。从外面的碑文我们了解到这座寺庙建于道光三年，捐款人的名字和几笔捐款数额都有详细的记录，款项以中国的银两为单位。

7月31日。今天金将军来了，由于收到上级最为严格的命令，他禁止我们再上岸。"你们是我们的客人，"他说，"而客人应该遵守主人制订的规则。"我们引用《礼记》中的段落，其中要求主人给客人最充分的行动自由并让他们感到身心自在。当他读到这些时，他感叹道："好的，好的!"，然后就再也没有提过这一要求。现在我们开始失去耐心了，感觉请愿不会得到任何答复，我们想要签订的协议也不可能达成。将军只告诉我们应该安静地等待，直到首都传来消息。

我们今天出海了，以确定我们是在大陆附近，还是在岛屿之间。我们所到之处树木成林，而且是最优质的木材，但我们在附近几乎没有看到一个人。我们来到这里这么久，还没有看到一处果园或花园。今天我们发现丛林里生长着大量野生的桃树，几天后又发现了野葡萄。令人惊讶的是，当地居民竟然不种植这些有用的果树。然而，在我们途经的所有地方，从未见过两棵以上人工种植的桃树。他们对葡萄酒一无所知，但他们偶尔会吃葡萄，这里的葡萄很酸。我向他们描述了种植这种优良作物的方式，以及用葡萄汁制成的美味饮料。他们无法相信，说他们在船上喝的酒是甜的，因此不可能从酸葡萄中提取汁液制成。总的来说，这个国家的食物看起来非常匮乏，他们什么都吃，而且是狼吞虎咽。最可悲的是，这里气候如此温和，土地如此肥沃，本可以养活成千上万的人，现在却只能勉强维持几百人的生活。

8月1日。来访的官员和民众行为都有了明显的变化。他们很拘束，回答任何问题都很谨慎。以前我们给他们送了很多礼物，他们都乐于接受并非常感激，但现在他们试图将礼物退还。我们怀疑首都传来了禁令，但无法证实。胡夏米每天都在为他的词汇表收集单词，但现在他们连最简短的句子都拒绝提供。因为他们担心我们学习他们的语言，与他们交谈，会影响他们采取更健全的政策。我们偶尔对他们幼稚的保守行为感到不耐烦，但会再次平复心情，因为没有任何陌生人在这里能享受到像我们一样的特权。

我们在巡游途中走访了几所不久前被遗弃的房

子。每座房屋一般由两间房子组成，形状像烤箱。厨房在房子旁边，是一座独立的建筑。为了在冬天取暖，他们在地板下开一个大洞，在里面燃烧适量的木材，使整个房间保持温暖。每间房子都用干竹子扎成的篱笆围起来，这些小屋一般都建得很紧凑，呈方形，方块之间有小道。这就是朝鲜人沉闷的住所，他们就在这里肮脏且贫穷地度过一生。

我们遇到许多人，他们的皮肤均匀地被污垢覆盖。许多人几个月没有洗澡，身上生了虫子，他们就在我们面前毫不犹豫地抓住或驱赶这些害虫。他们几乎没有任何财产，生活器具都很笨拙，以陶器作器皿，而且是想象到的最粗糙的陶器。除了这些，他们一无所有。自从我们来到这里，就没有见过一枚铜币。既然官吏衣着光鲜，拥有有限世界里的一切便利，那么民众就必须意识到自身的贫穷。他们在与我们的交往中总是表现出很强的判断力。我们不能指责他们懒惰，只是担心他们缺乏必要的激励。政府不允许他们享受自己的劳动成果，因此他们对于拥有生活必需品以外的任何个人财产无动于衷。如果允许他们与外国人交往，还会存在这样的状况吗？"排外"让他们不愿意采纳外国习俗，却没有改善他们的状况。在这些土地肥沃的岛上行走，看到美丽的野花随处绽放，葡萄树在杂草和灌木丛中延伸，我们谴责人类无动于衷。

8月2日。来自首都的船很早就到了。我们得到暗示，一位大官要来视察。事实证明，这位官员是一位三品文官，颏下戴着一串漂亮的琥珀。他举止傲慢，表现出农民般的无知和野蛮人的自大。被派来接待我们的吴专员不久便跟过来。他的长相非常讨喜，衣着整洁光鲜，但他的问题没有多少新意，而且他表现得过度拘谨。今天我们的访客人数超过以往，其中有几个骄傲自大的年轻人，语言粗俗无礼。截至目前，我一直在申请药品。今天有人要求我为60位老人提供足够数量的药品，他们都患有非常严重的"感冒"。

8月5日。吴提出的问题总是细致入微，难以全部回答。他坚持要检查印度水手的箱子和船上的所有货物。我们满足他的前一项要求，而如果他能带十万元上船购买，我们则会满足他的另一项要求。他让我们列举出国后经过的国家，坚持要求我们提供最准确的目录，并询问返回英国和再回到这里所需的时间等。

8月7日。老金把信件和礼物带回来，他情绪激动地说，他接收这些东西并答应把它们交给国王已经让自己陷入极大的危险，"很快会有一名高级官员到来，他将解决整件事情"。我们没有接收归还的东西，而是很沮丧地把这位老人送走。

我们巡视四周，以确定我们停泊的海湾到内陆的距离，因为在耶稣会士的海图上，这里被标记为半岛的深处。我们进一步扩大巡察范围，发现海湾越来越宽阔，人烟逐渐稀少，景色也非常荒凉。我们向西北方向走去，海湾又开阔许多。我们登上一座小山，可以看到周围所有的地区，但还是无法看清海湾的界线。这里的人非常羞涩腼腆，一看到我们就急忙跑开。他们从对岸走过来，很乐意接受我们散发的几本书。我们最终确定，看到的巨大凸出点是个岛屿，与大陆只隔一条汇入大海的小溪。如果我们一直朝东北方向走，可能已经到达首都，或至少接近首都，几个小时内便可到达，因为所有高官乘坐的船只都从那个方向来。我们向一些文员陈述我们已经接近首都的猜想，他们起初想否认，但后来承认这是真的。

8月9日。我们很高兴终于看到王室专员上船了。他说自己是财政大臣派来的，并说了一些客套话，随后他说："接收你们的信件和礼物是不合法的，我们应该把这个错误归咎于负责此事的两位年迈的官员。由于这是非法的，我们无法向国王陛下陈述你们的事务，因此把这些都返还你们。我们国家是中国的附属国，没有中国皇帝的命令，我们什么都不能做，这是我们的法律。迄今为止，我们一直与外国人没有来往，现在怎么能冒险尝试呢？"我们问道，为什么他们推脱这么长时间不让我们离开，总是要求我们等待皇帝的答复？的确，除了俄国人、中国人和日本人之外，他们从未与外国进行过任何交往。此外，朝鲜不是附属国，而只是中国的分支，它有自己的法律，绝非由天朝上国的法令来统治。在外国人面前贬低自己的国家，借此避免直接拒绝他们的请求，这对一个公职人员来说是有失身份的。这些话触动了他的内心，他感到羞愧难当，如果不是写在纸上，他就会收回朝鲜是附属国的说法。

官员们总是出尔反尔。起初，他们急于让我们进入港口，把所有东西交给他们负责。当我们打算立即离开时，他们又恳求我们留下，等待皇家的答复。最后，即便他们一再向我们保证，但还是没有

向国王汇报我们的情况。我们最遗憾的就是白白浪
费了时间。

8 月 10 日。他们承诺的物资还未送来，我们强
烈要求主要负责的官员为交付物资作担保。这时碰
巧他们逮捕了几个人走过来，并当着我们的面对这
些人严刑拷打。

我们来到锚地附近最大的一座岛屿，登上山丘
巡视，并探查了一座山顶上的堡垒。堡垒外部是一
堵石墙，中间用土填满，但没有任何枪炮或其他军
事设备。这座岛人口密集，是我们见过的耕种面积
最大的岛屿。当地居民一看到我们就非常惊慌，唯
恐我们看到他们的防御工事。许多人跑上山来，将
我们团团围住。当他们发现我们要进入村庄时，严
密地监视我们，好几次把我们从正确的道路上赶下
来。他们似乎是在依照命令行事，因为他们起初非
常友好并为我们提供了力所能及的服务。

8 月 11 日。我们听说，负责置办物资的人费了
很大劲才采购齐全。不过，我们对他们提供的货物
感到很满意。一番闲聊之后，我们向一些主要官员
递上一份文件，描述他们的搪塞推托和英国人重视
名誉的性格特点。这一直白的言辞产生了预期的效

果，他们变得谦卑，并开始后悔前一天的断言。王室吴专员丧失了所有勇气，他承诺太多，找不到任何借口来为自己的过失辩解。我们规定，只要英国船只在此遇险，他们应立即为其提供足够的食物，唯一的条件就是不能索要任何报酬，他们对此欣然接受。如果任何船只在他们的海岸失事，我们要求他们将不幸的水手取道北京送回，他们也同意了。

我们上了岸，并说明了我们希望离开他们的理由。他们似乎不愿听从我们的建议，我们便离开，去参观港口停泊的朝鲜船。这些船载重量不超过两百吨，遇到暴风雨可能很难驾驭。就造船技术而言，这些船甚至连中国人的那点造船技巧都没体现出来。

金将军最后一次试图归还信件和礼物，但我们不接收那些已经送出并被对方接受的东西。他于是称赞我们行事始终如一，值得称颂。吴专员通过宣称朝鲜依附于中国来摆脱责任，这种自我背叛的卑劣行径让他感到悲痛。他对我们的离开也表示遗憾，几乎感动得流下眼泪。我们再次请求，任何在这里停靠的英国船只都应当被以礼相待，并得到物资供应，他完全同意，并郑重地与我们告别。在所有来访的军官中，没有人能做到像金将军那样彬彬有礼，举止得体。他外表威风凛凛，一脸严肃，回答和提问通常一针见血。他的观察很公正，而他的反对意见也经常让人无法反驳。他对国家禁止与陌生人交往的禁令深表遗憾，但他说，这不是官员的选择，只能由国王批准。这对我们来说并不新鲜，我们清楚地知道，在每个专制国家里，君主的意志就是国家的法律。

由于这里牛很多，来此停靠的船只一直可以得到牛肉的供应，对此，官员们不会有任何反对。我们不可能与这个半岛进行任何重要的贸易，虽然这里土地宽广，港口也很安全（以我们停泊的安港最为安全），但可供出口的产品很少，而且没有钱来支撑贸易逆差。然而，我们不能轻易下这种结论，因为如果一个国家没有被充分了解，可能就不会被充分重视。夏威夷群岛就是个例子，现在那里的贸易很繁荣，而在几年前，这是不可能的事情。我们看到朝鲜各地资源充足，我们认为岛内的耕地面积远远超过沿岸岛屿。毫无疑问，内陆对英国商品会有需求，因为我们看到他们一直将印花布和呢绒视为珍宝，他们此前从未听说过这种布料。虽然当地人很想让我们相信他们的国家资金短缺，但我们认为这个国家不可能像他们说的那样一贫如洗，以至于每年无力购买欧洲的商货。否则，国王怎么可能向北京宫廷支付如此巨额的银两呢？

也许，从未有哪国人像我们这样自由地进入这个国家。我们希望，我们传递的信息能够为统治者提供参考，帮助他采取与当下截然不同的政策路线。

朝鲜民众具有很强的理解能力，但他们极度傲慢和冷漠。大多数人沉迷于烈酒，而且千杯不醉。违背自然罪在这里似乎非常普遍。我们的礼仪观念与他们差别很大，但他们并非完全迷失，他们也能感觉到自己做错了事。

8月17日。我们经过许多奇形怪状的岛屿。最南边的济州岛（Ouelpoert）①（北纬32度51分，东经126度23分）是个迷人的地方。这里农耕发达，位置也很便利。如果在这里建立一座商行，可以很容易地与日本、朝鲜、俄国和中国开展贸易。但是，如果不这样做，这样一座岛就不能成为一个传教站吗？在如此重要的地方建立传教站，岂不是给那些可恨的排外制度以致命的打击？我不知道朝鲜政府

---

① 此处为印刷或拼写错误，济州岛最早在欧洲文献中被称为"Quelpart"。——译者注

对该岛的控制程度如何，但是，我认为居住在这里的传教士会比新西兰的传教士以及拉布拉多半岛和格陵兰岛的第一批传教士遭遇的危险更小。有一件事是毋庸置疑的，这些岛屿对基督教来说并非无法进入。

第七章

8 月 22 日。昨天，我们经过硫磺岛①，大量烟雾从那里不断升起。这座岛上没有植被，似乎是一座完整的火山岛。我们很想上岸，但风太大，海浪太高，根本无法登陆。在经历了突如其来的大风之后，我们今天安全地抵达那霸江，这里是大琉球（Great Loo-choo）的主要锚地。欧洲人曾多次到访该岛，许多知名作家也多次提及这里。

抛锚后不久，我们就从临海寺②登陆上岸。我们

① 硫磺岛，位于西太平洋的火山群岛，隶属于日本东京都。——译者注

② 临海寺，位于今日本冲绳县那霸市，1945 年冲绳战役中被毁，战后在现址重建。——译者注

在港口看到几艘日本船，我们在福州看到的那艘船也回到了这里。

一些官员立即邀请我们上岸。他们的官话讲得非常流利，并对我们百般关照，但强烈反对我们走到码头以外的地方。然而，我们告诉他们，我们不能在水中交谈，然后便不顾他们的反对进入了寺庙。在一大群人的围观下，我们蹲在地上，喝着茶，抽着烟，同时说明我们的来意和目的。他们给我们观看一辆车，是帕特里奇号（Partridge）的史蒂文斯船长留下的，他曾在2月份来过这里。我们还看到一本用他们自己的文字和中国汉字写成的《英语—琉球语词典》的开头。他们举止非常友好，也很有礼貌，只是对我们船上的中国人非常好奇。当看到我们想往前走时，他们非常不满。我们看到当地人的身材都很矮小，外表讨喜，但很有女人气。只要能达到目的，他们就会毫不犹豫地对我们撒谎，但可以随时收回说出的话。他们对以前来过这里的英国人记忆很模糊，只记得曾经与他们有过交易。他们完全忘记了麦克斯韦船长和霍尔船长的名字，只是略微记得比奇船长。我们可以看出他们的某种不信任和极端的谨慎，但无法解释其原因。

8 月 23 日。风很大，没有人上船。下午，我们在阿尔切斯特号（Alceste）和里拉号（Lyra）停留期间建立的天文台附近靠岸。几位官员带我们去了庙里，当时寺庙已被人道的琉球人改造成医院。虽然不像描述的那样风景如画，但它确实是个美丽的地方。我们去看了埋在那里的水手的坟墓，为了让当地人了解情况，我们把碑文翻译成中文，他们对此非常感激。

今天有人将比奇船长经常提到的安加（Anjah）引介给我们。他会说几句中文，很快又想起几句英文，还非常正式地重复一遍。他刚开始非常拘谨，但很快就忘记了对自身的限制，他畅所欲言，而且时常语出惊人。这里的人过分地与我们套近乎，使得我们不知所措，不知道如何应承他们的各种客套话。

我今天在他们中间散发一些书，他们非常高兴地接受了。我发现他们接受我们免费提供的东西时没有一丝犹豫，也可以明显地看出，主要负责的官员们完全不希望民众接受这些书。

8 月 24 日。安加、特切（Tche）和一位年长的官员今天上船造访，这是我们接待的第一批客人。

我们借此机会研究了他们的语言，与麦都思先生所做的日语词汇表对比后发现，他们的语言似乎与日语极为相似。字母书写形式几乎完全相同，字母发音也一样，只有个别例外。他们目前是大清帝国的附属国，这使得官员中讲中国官话的人非常多，他们之间几乎完全用这种方言交谈。许多官员告诉我们，他们曾在北京接受过教育，琉球岛上的学校也教授中国官话，大多数人都能理解汉字，但不知道如何用官话的发音来读，整个日本的情况也是如此。

我们收到了第一批物资，包括一些水果和蔬菜。琉球人制作礼物的方式非常优雅，礼物的价值因此较高。

今天，我们参观日本人的大船。巨大的船帆，宽大的船体结构，巨大的船舵和不成比例的主桅杆，宽敞的空间，这些无不让陌生人感到惊奇。大多数水手都赤身裸体，非常友好，满怀感激地接受了我们的基督教书籍。如果不是因为琉球官吏的干涉，我们本可以从他们那里获得很多信息。官员对这次参观非常不满，并试图用各种方法让我们离开这艘船。他们绘声绘色地向我们讲述日本人如何背信弃义，并劝告我们与日本人走得太近会带来生命危险。

然而，我们还是尽可能地延长参观的时间，观察了船上的每个角落。

我们发现，许多官员在临海寺焦急地等候我们，并准备了非常可口的食物。比起此前在中国的几次交谈，他们今天的谈话显得格外有诚意。他们询问欧洲国家在广州开展贸易的情况，因此学到了许多地理知识。他们非常善于谈论政治，并试图让我们明白，他们更喜欢与中国建立友谊而不是英国，因为中国离他们更近。我们毫不怀疑他们收到了来自中国的严格命令，让他们远离陌生人，保持距离并谨言慎行，但他们太过单纯，没有承认这一点。尽管他们经常提到与中国在福州的往来，安加今年也在那里见过我们，但他们不承认与日本有任何交往，并说那三艘来自萨摩国（Satsuma）① 的船停在港口是由于天气恶劣被赶到这里的。他们自己的几艘船也停在港口，都是按照中国的方式建造的，船头像福建船一样涂成了绿色。

之后，他们聊起宗教话题。听说我们不崇拜神像，他们说："我们也厌恶这种崇拜，你们在这里看

---

① 萨摩国，日本古代令制国之一，位于今鹿儿岛县西部。——译者注

到的那些神像是佛教的财产，我们不会对它们大动干戈。"当我问到这个话题时，官员大都这样回答。他们不承认实际的神像崇拜，因为理性告诉他们这种理论站不住脚，但事实上他们确实坚持了不合理的崇拜。

8月25日。我发现日本人的船上有几个病人，因此我们一早就出发，想试试能否依靠仁慈与这些人自由交流。这些病人因疾病而消瘦，这些疾病都是他们的恶习导致的。他们非常高兴能得到一些帮助，并对此向我们表示了最诚挚的感谢。琉球官员对他们的监视比昨天更加严密，没有特别的许可，甚至不允许他们向我们提供一根烟斗。尽管琉球官吏强烈反对，我们还是给所有能看懂汉字的囚犯赠送了基督教书籍。看到日本人那么急切地想讨好我们，我们感到很痛苦。而当他们想表达好意又被阻止时，他们又会多么羞愧。我在赠送这些书的时候恳切祷告，希望它们能够被带到日本，我们的传教士中还没有人能够到达日本。

我们希望尽快完成任务，便上岸去找官员们谈话。在等待他们的时候，我们登上一处高地，进入一座寺庙。这里有很多寺庙，规模相对很小，四周是宽阔的露台，还有大窗户。我们几乎没有看到任何神像，这些神像大都被锁在后院的一栋小建筑里。僧人总是受人鄙视，但他们吃穿不愁。官员看起来并不痴迷于神像崇拜，因为他们非常理性，但他们反对我们在民众中间散发书籍，我们一直不清楚其中的原因。我们克服了这些阻碍，把书免费送给所有官员和民众，他们收到书后普遍前来向我们表示感谢。我们私下赠送任何东西，他们都会欣然接受，但还是优先接受书籍，然而我们公开提供给他们任何东西总是遭到拒绝。我们给予他们最不起眼的东西也会得到一些回报，但他们的赠送和接受都是在暗地里进行。

我们今天试图进入村里，他们极力阻拦，但我们还是走了进去。我们进入一间房子，或者说是一座寺庙，他们祖先的牌位非常整齐地排列在四周。之后，我们爬上气势恢宏的陵墓。这些陵墓被建造成华丽的中国风格。他们对死者非常敬重，使用各种装饰，尽可能地让这些寂静的居所看起来哀伤而肃穆。从墓地旁摆放的食物可以看出，他们和中国人一样，愿意为祖先的灵魂供奉丰厚的祭品。我迫不及待地想知道，他们如何看待我送给他们的关于灵魂不朽的文章。

8月26日。他们昨天承诺在今天给我们送来补给，果然准时送到。他们送礼也非常慷慨，我们已经给国王陛下，甚至岛上的行政长官送去各种礼物，其中有三本《圣经》，非常受欢迎。

在此逗留期间，我找机会向他们提供一些医疗帮助，特别是针对皮肤病的治疗。结果，他们派来一位医生询问那些疗效显著的药物，我和他进行了长时间的交谈。他非常想知道我们药理学的每处细节。他提出的问题表明他很聪明，而且对中国医药典籍非常了解。我满足了他的好奇心，还给他提供了最重要的书面指导。随后，我送给他一些药物，但被他非常固执地拒绝。最后我把这些药品送到了他们船上，并告诉他我不拿回来了。

所有病人都非常感谢我提供的帮助。我向他们分发大量的书籍，他们欣然接受。这是在我的小船舱里进行的，因此只有几个人目睹了全过程。

我们此前请求官员协商，以决定我们是否应该向国王陛下请求展开贸易。今天，我们收到答复。他们在回信中说，他们的国家很穷，没有任何东西可以用来交换我们的商品。此外，他们从未与英国人进行过贸易，因此这将是一种违法的创新，他们起初就不愿意与我们有任何商业往来。

今天，我们在宝藏寺（Po-tsang temple）用餐。日式桌子上整齐地摆放着美味菜肴，并按顺序依次呈现在我们面前。他们请我们喝的酒非常清冽，而且味道极佳。整场宴会聚集了大量观众，他们秩序井然、彬彬有礼，我们十分钦佩。举止得体似乎是琉球人的天性。

晚饭后，我们在山丘和树林间散步了很久。这是一座宜人的岛屿。我们看到一些妇女在田间辛勤劳作，农民们衣不蔽体，显然境况不佳。然而，他们却和达官显贵一样有礼貌。田里大部分种着红薯，这应该是居民的主要食物。

与朋友闲逛时，我给集结在寺庙院子里的人送去一些书籍。我额外送给他们一个望远镜和手表，随后便离开了，他们非常高兴。他们原本对我们随意走动和进入村庄感到非常恼火，这时也嘲笑自己的恐惧毫无根源。

我们深情地与善良的东道主告别。回顾与他们的交往，我认为他们的礼貌和善良非常值得称赞，然而，他们绝不是我们起初想象的那种简单而天真的人。经过询问，我们发现他们也有和朝鲜一样的严厉刑罚，他们同样拥有武器，却不愿意使用。这里流通中国的银两和银票，但非常稀少。琉球几乎没有制造业，一切整齐有序，房屋和衣服也总是收拾得干净整洁。他们确实是一个非常小巧精致的民族，从日用品到建筑物，每件东西都相对较小。虽然日本人极其蔑视他们，认为他们是一个很有女人气的民族，但我们会坦然承认，他们是我们在整个旅途中遇到的最友善、最好客的种族。

8 月 30 日。经过三天的航行，我们抵达兰屿①，方位在北纬 21 度 40 分。今天海面波涛汹涌，并且时常大雨倾盆，又是极其阴暗的一天。

9 月 5 日。我们在一个黑暗且风雨交加的夜晚摸索前进，随后进入汲水门②。

胡夏米和我立即前往澳门，马礼逊博士在他的房间里非常友好地接待我们。

---

① 兰屿，位于台湾东南部，今隶属于台东县兰屿乡。——译者注

② 汲水门，南海通往珠江流域的重要水道。——译者注

中国的宗教

宗法制；儒家；道教；佛教；大喇嘛
教；节日；对死者的崇拜；女性的状况；
普遍的冷漠；某些作家的误导；犹太人；
穆斯林

孔夫子（Kang-foo-tsze 或者 Confucius）标志着一个新时代的开始。他将古代传统缩减为一个体系，并加入了自己的观点，成为其国家道德和政治法律的制定者。他的著作中充满了古朴的格言、醒目的警句、实用的观察以及对促进秩序和社会幸福最有益的经验。好政府的理论在这里得到了全面的展示。他特别强调孝道，认为这是所有政治繁荣的根源。我们钦佩他到处宣扬的主从关系，我们赞美他所推荐的许多东西的实用主义倾向。像儒学这样的体系，如果没有优秀的根基，没有很强的实用性，就不可能长盛不衰，成为数百万同胞口口相传的主流学说。西方世界最伟大的哲学观点已经被遗忘，或者只为少数学者所铭记；但是儒学体系至今仍有成百上千万人学习，成为唯一的行为准则和好政府的最佳理论。但是这个体系便因此而完美吗？

在翻阅记录孔子主要言论的《论语》（Lun-yu）时，我们发现，对于神（God）的存在、我们对神的责任以及对这一可爱的存在的崇拜，书中都保持着刻意的沉默（studied silence）。我们徒劳地寻找灵魂不死的教义；徒劳地寻求对未来状态的描述；徒劳地寻求一种道德体系，将谦逊视作神眼中最容易接受的美德。甚至《中庸》（*Chung-yung*）也暗示了一个伟大的真理，即人不足以具备真正的道德。它将自然界的天与天国的创造者混为一谈，并经常将完全属于后者的东西应用于前者。儒家的格言是：务民之义，敬鬼神而远之（revere the gods of the land; pay them your respects by offering stated sacrifices; treat them all with distant politeness; discharge your duty to mankind in general, and your relations in particular.）。孔子非常关注现世的事物，并且认为非常有必要通过法律构筑人类的幸福。他特别关注的是形式和人类的物质部分（material part）：他从不想象自己进入精神世界，或谈论他们未来的命运——

在那里，在广阔的空灵中，
所有看不见的世界都将拥挤在一起；
赤裸的灵魂被未知的现实所包围

一旦他谈及葬礼的仪式，包括那些埋葬着腐烂遗体的坟墓和坟墓里的祭品，便沉默不语。在死亡的门槛之外，一切都是黑暗：甚至永恒的概念也没有进入他的头脑①。尽管孔子现在的许多追随者都是无神论者，我们并不称他为无神论者，因为他经常直白地暗示一种更高级的力量。他通过自然界生发系统的运转过程来解释万物的产生，并将其主要原因与结果相混淆来推脱主要原因。中国的体系中包含着一个完美的泛神论，他们把天（Teen）和地（Te）当作神，认为万物都由它们创造和维持。为了使其他教徒也能理解主宰的天意，孔子创造或改进了《易经》（Yih-king）系统，表明自然界和世界事务中的多种变化是由可见世界的所有要素和原则相互作用产生的，严格模仿了阴阳学说。

严格说来，中国没有国教。儒家思想是一种潜意识，但包含一些规定的仪式，所有为政府工作的人都必须遵守。皇帝本人非常庄重地祭拜天地（Teen-te）；各省省长则祭拜土地之神"社"和"稷"（Shay 和 Tseih），以及掌管五行的神灵；与龙王（Lung-wang）一起掌管海洋的天后（Teen-how 或 the queen of heaven）；战神关帝（Kwan-te）；以及最重要的孔子和文学界的诸神。文人对其祖先的崇拜比

---

① 据《中国丛报》的一位作者说，他的追随者，即那些"儒家哲学家"，根本不会去预测未来的存在状态。

普通人更为严格。因此，我们看到无神论与多神论结合在一起，而两者都与真实信仰相对立。

如果断言所有的官员和儒生都同样无知或堕落，那是不公正的。当然，有很多人看到了一些曙光，但大部分人仍然在这种精神变态的过程中继续前进。他们的恐惧和希望随着这一生的结束而结束，他们所有行为的源泉就是自我利益。

老子是道教的创始人①，与孔子同时代。他的玄学比孔子的学问微妙得多，但实用性不强，因此，他们的信徒比较少，只有高阶的道士才能理解。虽然他们没有儒家那么清晰明了，但他们谈到了未来的状态；他们瞥见了最高存在的存在，并通过从未来的存在状态中得出的概念来敦促人类的心灵去实践美德。他们的道（Taou 或 reason），或者说所有理性的本质和源泉，在许多方面与柏拉图学派的逻各斯（logos）相吻合。

佛教是在公元 70 年传入中国的一种外国宗教，

---

① 老子，姓李名耳，字聃，一字伯阳，或曰谥伯阳，春秋末期人，生卒年不详。春秋时期陈国苦县人（今河南省鹿邑县）。中国古代思想家、哲学家、文学家和史学家，道家学派创始人。——译者注

它更适合普通人，因此拥有的信徒最多。坚定的佛教徒都是无神论者。虽然他们容忍各种形式的偶像崇拜，并采用每一种已知的神像，但他们把整个宇宙都简化为一个自在的机器，它的运动不受任何代理人的干预。这个大宇宙的每一个粒子都是从巨大的真空中发出的，所有可见的东西都将被逐渐吸收到真空中。人和动物的灵魂不断地转换，直至抵达宁静的最高点，幸福的顶峰——被吞没在虚无中。佛和他的众多弟子曾经走过这条路，并安全地到达了真空，他真正的弟子现在应该模仿他们。他们的神明有多少，人类的发明就有多少。他们宗教的道德戒律非常细微，其中有些是很好的。让情感服从理智，抑制情欲，就是他们的目标。他们在任何情况下都不忍心夺取生命，这一点被发挥到了极致。他们在未来世界的天堂是一个灿烂的花园，有金黄色的树，树枝上有同样的鸟，永远在唱着悠扬的曲调。甜蜜的气味浸润着这个天国的空气；甘露在河流中流淌；永远是白昼，没有黑夜。但他们的"地狱"（Tartarus，hell）是无法言喻的苦难的巢穴。刑犯被勒死，被锯开，在大锅里煮，被冰冻，或者以其他方式折磨，直到他们到达一个新的轮回。当世界在衰退，死亡的恐怖压迫着有罪的灵魂时，佛教是所有人的避难所。

当前的朝代似乎支持喇嘛（Lamas）的权威。由于蒙古人非常重视这种信条，这种信条要么就是佛教，要么与佛教略有不同，因此，支持西藏大喇嘛的影响是清政府政策的一部分，他的权威是对中亚大草原（平原）上游牧民族的制约。

中国的民族节日很多，没有什么能比庆祝这些节日的辉煌和喧嚣更胜一筹。人们祭拜神灵，装点寺院，卜问未来的命运。扫墓、神灵和英雄的诞辰，构成了众多的欢笑和庆典场合。他们的神灵被面前食物的气味所吸引，而他们自己则消费更多的东西。

尊敬死者，并对前人的功绩保持深情的怀念，是每个凡人的责任；但向祖先的灵魂献祭，并在为纪念他们而设立的牌位前跪拜。这在中国司空见惯；法律规定了这种崇拜；孔子教导他的弟子要像侍奉活人一样侍奉死者；不履行这一神圣职责的人将被指责为世上卑劣的人。

在中国，占星、占卜、堪舆和亡灵占卜无处不在。尽管政府禁止其中的一些做法，但这些禁令从未生效。中国人戴着护身符，有守护神，有被施了魔法的场地，等等，都是盲目迷信的产物。我们对一个具有健全的理解力，而且不乏思考能力的国家的人性的严重退化感到悲哀。同时，我们也不可避免地注意到他们对所有宗教问题的普遍冷漠。他们是虔诚的，因为习俗要求他们这样做。繁文缛节完全占据了他们的头脑，他们的心灵几乎不参与任何宗教崇拜。

在列举中国已知的不同宗教时，我们应该提到犹太教和伊斯兰教。前者据说是在汉代进入中国的，即公元前 200 年。犹太教徒的人数已经减少，目前只拥有一座犹太教堂，位于河南省会开封府（Kae-fang-foo）。我们对他们仅有的了解都来自传教士骆保禄①。我们从来没有见过犹太教徒，中国的书籍中也对他们所提甚少。伊斯兰教徒的数量更多。在与伊斯兰国家接壤的西部省份，有大量伊斯兰教徒。

---

① 骆保禄（Jean-Paul Gozani，1647—1732），葡萄牙耶稣会士，曾前往开封调查犹太人和犹太教的情况。——译者注

第三次旅行记

中国人的欢迎；福建渔民的性格；有用的前景；船只罢工；严重的霜冻；拯救海上遇难的中国人；乍浦简述；与中国人的交往；受教育程度；眼疾的流行；与僧人的交往；参观佛教寺庙；僧人的状况；石浦简述

郭实猎牧师记录从广东省至辽东的沿海航行日记，1832 年至 1833 年。

这是继郭实猎先生两年前进行的两次航行后的第三次游记。郭实猎的首次沿海旅行始于 1831 年 6 月 3 日，他乘坐一艘中国平底帆船，从曼谷出发，11 月到达辽东，于 12 月 13 日返回曼谷。他于次年 2 月 26 日开始第二次航海旅行，在前往山东省的途中游览了福建和浙江的许多地方，然后抵达朝鲜，直至琉球岛，于 1832 年 9 月 4 日回到澳门。郭实猎于 10 月 20 日出发进行第三次航海旅行，第二年 8 月 29 日返回。郭实猎为了更直接地与当地人接触并增加观察的机会，最后一次航行在各方面的收获胜过前两次。尽管该游记比较简短，但足以证明中国人认为"蛮夷之人"不受欢迎的事实。在此补充说明，本文在英国出版发行，应我方请求，作者同意《中国丛报》予以转载。

在与他人多次商榷，并经历一番思想斗争之后，我于 1832 年 10 月 20 日登上"希尔芙号"（Sylph）

帆船。这是一艘人手充足、装备精良的快帆船，指挥官是华莱士船长（Capt. Wallace），押运官是 A. R 先生①。在东北季风的强烈影响下，我们被迫逆风行驶，在到达目的地天津和东北之前遭遇了十分恶劣的天气。从离开澳门路那刻起，我们在整个航程中就不得不跟风浪作斗争。一连几天的狂风骤雨使得海面上巨浪滔天，我们沿着海岸线航行，帆船都差点被海浪摧毁。此次航行中仅有一名印度水手丧生，我们听到了他垂死的呻吟，但是却无能为力。那是一个漆黑阴沉的夜晚，我们浑身湿透，被恐惧包围。一片片海浪从甲板上掠过，撞击着艉楼，真的很可怕，仅仅三波海浪过后，我们就差点沉入海底。

10 月 26 日，我们躺在叠成两层的船帆下，随后驶入位于广东省东部海岸的碣石湾（Ke-seak Bay）②。港口由岩石砌成，沿岸一片荒凉，遍布花岗岩，内陆土地则很肥沃。从这里可以看到很多村庄和城镇。很快就有渔民来看我们。为了交换他们的鱼，我们

① 当时郭实猎一行为掩人耳目均采用化名，故此人真实身份暂不可考。——译者注

② 碣石湾，今属广东省汕尾市，有"粤东黄金海岸"之称。——译者注

送给他们一些大米，他们却始终觉得数量不够。然而，他们意识到这样的物物交换非常有利可图，于是便带来了各种蔬菜，想要充当捎客。虽然这里是一处皇家海军驻地，他们却丝毫不惧怕朝廷官员。在这次航行中，我也收到很多书，数量是我前两次航行中收购书籍总量的三倍。

夜里风减弱了，我们第一次能睡个好觉。第二天傍晚，我们来到甲子（Kap-che 或 Ka-tsze）①，在碣石湾偏东一点。在这里，我得到许多朋友的热情招待，他们把我当成同乡，表示很高兴能再次见到我。

天气正逐渐转好，尽管风向依旧相反，我们还是能够逆风缓慢行进。路过福建南澳（Namao 或 Nanaou）② 时，我们偶尔能看到几座沿海的大村庄和城镇，但我们只能远远地观望一会，随后不得不驶入莱澳湾（Lae-ao bay 或 Nae-aou）③，位于福建北部，北纬26度，东经120度。这是一个非常优良的

---

① 甲子镇，粤东古镇，今属汕尾市陆丰市。——译者注
② 南澳山，位于今福州市长乐区南岸海岬。——译者注
③ 从经纬度可判断大致位于今福州市闽江口，此处为音译。——译者注

海港，几乎完全被陆地包围。大家急切地想继续前行，于是在第二天一早我们便起锚出航。附近的居民从未见过帆船，乘着小船向我们靠近，不过出于不信任，他们始终与我们保持着距离。当我向他们呼喊的时候，他们就靠近一点儿，但当他们刚来到旁边，我们就已经将他们甩到了身后。

11月8日，我们驶入北关港（Pih-kwan）。这里是浙江省的边界，位于北纬27度11分，东经120度22分。这个港湾十分宽阔，改变锚地就能避开所有的风浪。我们走访了很多前往上海的船只。我们向船员送书，但他们拒绝接受，因为自己没有什么可以送给我们作为回报。

在我们接近江南和浙江的商业中心之时，总会看到无数的当地船只定期往返。这些船员看起来就像是水生生物，相比于岸上的安逸生活，他们更喜欢海上的一切。渔民是中国一个庞大的阶层，其中数福建人最有魄力，也最勇敢。他们走遍中国沿海，为了糊口不惧艰险，历经重重困难，在辛苦忙碌一整年之后，却只能带着五元钱回家。

11月15日，我们抵达江南。这里的风变幻无常，从这里出发一个月之后，我们看到了山东海岬，然后直奔中国东北。距我上次来这里已经一年有余。我们在盖州（Kae-chow）南部的凤鸣（Fung-ming）①登陆。山东移民占据了当地人口的绝大部分。一些人正沿着岸边静静地散步，突然看到了"这些陌生人"，他们并没有受到惊吓，而是很严肃地看着我们。他们问了许多关于我们来历的问题，我们便满足了他们的好奇心，然后他们就离开了。一位屋主人站在自家门前不允许我们进屋参观，我们与他交谈了很久。我觉得现在是时候送给他们一些书作为礼物了。当他们发觉我是真心实意送书的时候，语气变得热情而友好。我们走进他们的茅屋，里面的火炉占据了大部分空间。事实上，这栋房屋同时充当了客厅、卧室和厨房，隔壁的屋子舒适地圈养着猪、驴、羊等牲畜。主人从柴火堆里取出许多作为燃料，当地棉花产量很高。他家人口众多，但很和睦，孩子们看到陌生人后欢呼雀跃。每个人都衣着光鲜，穿着七层上衣，看上去吃得也不错，因为这片地区物资丰富，不缺少任何生活必需品，而且出口大量的物产。我们离开的时候，他们已经对我们

---

① 凤鸣岛，位于今大连市瓦房店市交流岛街道南部海域。——译者注

毫不生疏。

几小时后，我们到达洞子沟湾（Tung-tsze-kow bay）①，位于北纬 39 度 23 分，东经 121 度 7 分。附近停泊着一支开往南部省份的大型船队，船上都载着东北特产。船员看上去坦率大方，非常真诚地回答了我们的问题。他们一致建议，不要再往北航行，因为我们在那里会遇到冰雪天。我们在当地人家里几乎看不到神像崇拜的痕迹，只见到了一座天后庙，里面挂着她拯救过的战利品—— 一些微型的船只模型。有几个盲人是监督人，我们发现了一位非常聪明的人，他问了我们许多很理性的问题，也阅读了我们的书。没有什么东西能像怀表的构造一样让他们如此震惊，我们精致的印花布衬衫和宽布大衣也让他们格外好奇。他们要是不缺钱，肯定会花高价购买。

海岸边的峡谷里堆满了冲积土。世界上没有地方像辽东和北直隶一样，退潮如此迅速，而且常年不变。每过一年，肥沃的土地就会增加几亩，海上航行也会变得更加危险。我们沿着河口行走，这里

---

① 此处为音译，从经纬度可判断，位于今大连市金州区老山头西部海湾。——译者注

距离乡村有很长的一段距离。一大群羊在秋后残存的草地上吃草。当地人看到我们进村十分惊恐。村里许多房屋既简陋又不舒适。当我得知人们担心我们要在当地传播罗马天主教时，我大吃一惊，便向他们解释各个教派之间的巨大差别，但他们只是摇头，不相信我说的话。我们站在高处可以看到整片地区的全貌。目前还没有图表可以正确勾勒出这个海岸的轮廓，西南端并不是海岬，而是一个突入海中的狭长高地，大约有一度宽。海岸边散布着众多小岛，不过水比较浅，基本上没有超过 10 英寻。

11 月 28 日，我们抵达盖州水路。经过一番勘察，我们发现离岸太近抛锚不太现实，很难躲避强劲的北风。因此，我们驶往锦州和长城。当我们为能够看到古老的建筑而高兴时，船突然冲上了一个所有人都不认识的沙坝。船身重重地砸在坚硬的沙底上，我们担心龙骨和舵已经损坏。我们将帆船往后倒，并扔掉了部分货物，却仍然无济于事。船陷在沙里，一动不动。第二天早晨，一股凛冽的北风从勘察加半岛（Kamtschatka）的冰原吹进我们所处的海湾，水位下降，船向后倾倒，重心压在船梁末端，所有印度水手被冻得什么都做不了。

在努力起锚失败后，我们部分人组成志愿团队，奔赴盖州向当地官员寻求帮助。那里距此超过 25 英里，天气十分寒冷，船上还有 13 名无助的印度水手。我们浑身结冰，到达海角时得到了一些渔民和一位僧人的热情招待，但官员并没有向我们施以任何仁慈之心。一位印度水手最终被冻死，其他几个处于死亡的边缘。我从来没有像现在这样深刻地理解《使徒行传》（Acts）第 28 章的内容。我们还被带到农舍里，生了一堆火来烘干衣服。

正当我们在岸边试图雇佣一些驳船的时候，上帝指示南风刮了起来，帆船逐渐脱离沙地，越来越多的海水被拍上岸。我后来曾与一位高级别的满族官员对话，他也认为我们的成功逃脱应该归功于"至高无上的天"。当我们回到船上，再次面临着被冻死的危险，因为北风突然吹起，寒风凛冽，一切都将凝结成冰。

12 月 3 日，我们的船里里外外都被坚固的冰碴所覆盖。经过几个小时的努力，我们终于成功起锚，急忙与这个凄凉之地告别。我们再次进入洞子沟湾，看到这里停泊着大量船只。善良的本地人向我们招手，为我们提供了补给和燃料。政府官员也曾答应给我们提供这些物资，但却从未兑现。由于当地官员不在，人们变得更加友好。他们竭尽全力提供帮助，一言一行都在提醒我们，他们是值得信任的。盖州市区位于内陆约 10 英里处，四周被高墙环绕，人口密集。这里贸易发达，房屋很低，而且十分简陋。中国人的比例目前已经达到了最高程度，他们都非常勤劳。然而满人生活却十分安逸，坐享政府俸禄。

我们不能在北方高纬度地区继续逗留，于是前往山东。然而，我们发现海面上刮起了凛冽的寒风，只能驶向位于江苏省南部的上海。尽管这里与江南海岸还有大约 80 英里的距离，可我们差一点驶进黄河岸边。颇为明显的是，江南大量的沙坪从低海岸向外延伸很远。而这片海岸以及山东和北直隶的大部分，对于欧洲的航海家来说都是完全陌生的。12月 11 日，我们抵达海峡入口附近，两边是浅滩和沙坪，海峡通往吴淞河口，上海就在那里。我们受逆风影响，在这里延误了三天。这三天里，天色昏暗，暴风雨昼夜肆虐。船身剧烈摇晃，海浪猛烈地拍打着迎风舷。

经历许多挫折之后，我们进入吴淞江，同时起草了一份致上海地区主要官员的备忘录，把救下的这些崇明岛（Tsung-ming island）居民移交给当地政府。我们立即与水师提督关大人（Kwang）[①] 进行了交谈。他十分友好，询问了许多关于"阿美士德勋爵号"押运官胡夏米的情况，并为我们提供了住宿。居住在上海的那段时间里，我经常到处游览，走访那些我六个月前到过的地方。那里的人比之前更加友善。

官员从不直接干预我发放书籍或与人谈话。在发布了禁止任何商业交易的严酷法令之后，他们给予我们充分的自由去做任何喜欢的事情。同时，朝廷圣旨到了，命令官员们热情招待我们，但不给我们提供水和米。他们按照这些强制性的指令行事，却把大量的牲畜、面粉送到船上，唯一的条件就是不要付钱给他们。由于当下物资短缺，我们便接受了他们提供的补给。

中国的中部地区非常富饶，平原一望无际，肥沃的黑土地得益于河道与水渠的良好灌溉。这里人

① 即关天培（1781—1841），时任江南提督。1831 年担任苏松镇总兵期间曾驱逐胡夏米等人乘坐的"阿美士德勋爵号"帆船。——译者注

口密集，如果从眼前儿童的数量来判断，人口还在增长。上海看起来是清帝国最大的商业中心。我们发现城市对面停放着超过一千艘船，无论天气好坏，抵达船只络绎不绝。我们称之为中亚之门（gate of central Asia），它更是中国中部省份之门。我们滞留在港口的那段时间里（1832年12月25日至1833年1月5日），虽然当地处于北纬31度，天气却相当恶劣，温度很少超过33℃。

1月5日，我们从上海口岸出发，驶往乍浦（Cha-poo），这座海港位于浙江北部海岸，北纬30度37分。登上港口的高地，我们才发现从黄河延伸出来的整条海岸线十分平坦，甚至帆船靠近陆地时也很难看清。所见之处海水都在退潮，沿着海岸形成平地，低水位时非常干燥，因此形成了整片海岸的屏障，并逐渐发展成为耕地。我们试图前往乍浦以北几英里的海岸，但我们的欢乐之船搁浅了，必须在沼泽地里跋涉超过1英里才能到达目的海岸。不过，从乍浦开始，整片地区就变成了起伏不定的丘陵，绵延不绝。

乍浦是清帝国对日本贸易垄断的唯一指定港口。这座海港建有一个颇具规模的滚水坝，可以抵挡各类海上风浪。潮汐涨退的幅度很大，因此小型船只在低水位时非常容易搁浅。加上郊区，整座城镇的周长可能有 5 英里，呈方形，穿插着许多河道，与杭州河（Hang-chow river）相连。整片地区风景如画，无与伦比。可以说，我们目之所及就是一个乡村，其间矗立着几座高耸的宝塔、精致的陵墓以及非常多的寺庙。邻近的乡村被称作中国的阿卡迪亚（Chinese Arcadia），如果中国哪片地区有资格获得这一名称，那一定位于杭州和乍浦附近。当地人似乎也意识到自己住在一个浪漫的地方，拥有得天独厚的优势。他们努力改善自然环境，开凿运河，清洁道路，植树造林并修建房屋。我们在其他地方看不到像当地人这样的开放与善良。他们好像有问不完的问题，都是关于我们国家的，他们的问题都十分尖锐，我们的回答从未让他们感到满意。

我们初次登陆时，全副武装的士兵正沿着海岸巡逻。他们配有火绳枪和火柴，随时准备冲锋陷阵。一位清朝将军坐在寺庙里，监督着所有的行动。我们对于中国炮台的火力非常熟悉，炮台几乎无法伤人，火绳枪也无法击中目标，我们就安然地穿过他们的防守线。士兵撤退，后面的人群密密麻麻，大部分营帐被人们推倒或掀翻，帐篷也倒在地上。随后畅通无阻，我们可以完全自由地到处行走。

1月14日，我们改变了锚地，在一座小岛旁边抛锚。与之前我们见过的人相比，这里的人更好奇我们的船，他们在面对官员时也表现得没有那么尴尬。因此我们能够在这里安静地住下，与当地人进行广泛的交往。我们住的岛上有一座寺庙，十分宽敞，看上去就像个迷宫。整座岛屿风景如画，所处的地理位置好像是精心选定一样。我们看到这里张贴着一道布告：禁止以任何理由持有武器，违令者斩。我们非常享受当地的风土人情。他们既聪明又热情，不遗余力地展现着友好，提出的问题也十分尖锐。

尽管现在是冬天，天气一直非常恶劣，岛上的西南地区景色却十分迷人。这里有一座皇家寺庙，塔尖是镀金的，从那里可以俯瞰周围的山谷。我与一位僧人谈了很长时间的宗教问题。相比于其他民族的宗教信念而言，他似乎是一个完美的自由主义者。

1月17日，我们驶向金塘岛，上次乘坐"阿美士德勋爵号"（Lord Amherst）曾到访这里。天气寒冷刺骨，几名船员被冻死。官员之前已经占领了内港的锚地，因此我们小心翼翼，避免与他们产生纠纷。在官员们的直接统治下，当地人变得非常多疑，但他们认出了我，并带来很多病人，请求我进行医治。整体而言，这里的穷人和寻常百姓冬天过得十分悲惨。在欧洲，我们有壁炉和舒适的房屋，可这些穷苦的人既住不起房子，也没钱买燃料。他们砍掉所有灌木，将所有的树连根拔起。其他地区的山上都布满了植被，而这里的山光秃秃的，只种着几株冷杉。为了满足取暖的需求，他们随手提着火炉，里面燃烧着几个煤块。他们的上衣有五六层厚，里面塞着棉花，还打了很多补丁来加厚。虽说许多补丁都只是为了缝补破损，但它们的确能让身体变得暖和，这就是他们的全部需求。

在可行的情况下提供医疗帮助，这是我一直以来的迫切愿望。然而，由于患者众多，我们只能帮助其中的少部分病人。我应该再推荐一位擅长治疗眼疾的传教士来到中国，他需要在眼科领域足够博学，因为这里眼疾的发病率非常高。眼睛里有一种特殊的弯曲结构，它一般非常小，但由于眼睑经常内翻而发炎。尽管我们可以提供大量的眼药水，也可以相继检查他们的眼睛，但我还是希望能在中国的核心地区建立一所医院，让人们通过陆路和海路都能轻松到达。据我所知，从来没有一位聪明的医生曾为这个遥远的国家提供医疗服务，为他的同胞带来幸福。在澳门和广州已经出现了几位有德之士，他们为患者缓解病痛，取得了巨大的成功，他们所付出的努力都是值得称赞的。但是，我们还是想在中国的腹地创建一家医院，希望有一些人愿意为这项事业付出余生。

我们前往岛的南部地区。我们跨过一座座山脉，穿过一道道峡谷，手里捧着圣经，去寻找现成的读者。当然，我们不能抱怨他们没有礼貌，因为所有的大门都已经为我们而开启。人们不愿意让我们进入他们的房屋，于是给我们拿出来一些茶叶，坚持要我们带走。

我们将锚地转移到鸡头坪（Ke-tow point）①，这是岛上的一块高地。我们发现这里种植着大量茶树，而且第一次见到野生的茶树。整片地区只有山谷中有农田，山上成了优良的牧场，但是当地人只饲养

---

① 此处应为当地人对该高地的命名，如今已不可考，故采取音译。——译者注

了一定数量的耕牛，刚好能满足耕田的需要。

在这里逗留七天之后，我们向舟山群岛（Chu-san group）的其他地方进发，其间一直风雨晦明。2月4日，我们到达普陀岛（Poo-to），坐标是北纬30度3分，东经121度。

从远处看，这座岛土地贫瘠，人口稀少。但随着我们逐渐靠近，我们看到了十分显眼的建筑和金光闪闪的圆形屋顶。在一块凸出的崖石上有座庙宇，下面就是喷溅着泡沫的海水。这让我们对当地居民的聪明才智有了一些了解，因为他们选择了一个最引人注目的地点来进行神像祭拜仪式。我们正在欣赏树林中的一座大型建筑，这时看到一些佛教僧侣在岸边散步，他们被一艘帆船的新奇外观所吸引。然后，我们登上一座巨大的寺庙，周围都是树和竹子。典雅的入口和宏伟的大门将我们带进一个宽阔的庭院，四周排列着一系列建筑（跟军营有些类似），就是僧侣们的住处。再往里走，是一个宽敞且装饰精良的大厅，厅内矗立着一尊巨大的佛陀像，旁边是他的弟子——慈悲女神观音（Kuan-yin）的神像，其他佛像也分列在一旁，给外国观众造成了强烈的视觉冲击。走在这里，我清晰地回想起保罗在雅典的场景，那时他从雅典神庙前经过，看到了一个献给"未知神"的祭坛。因为在这里我们也看到一个小厅和一个覆盖着白布的祭坛，也是用于同样的目的。我面向身后一直跟着我们的一群僧人作了一番演讲。整座寺庙有数百名僧人，他们对我的讲话无动于衷，而是将全部注意力都放在了我们的衣着上。

寺庙住持请求与我们进行交谈。他是一位失聪的老人，似乎没有什么权威，言辞也非常陈腐。尽管人们对于我们的突然出现感到极为不安，但他们的忧虑正在逐渐消退。同时，我们很高兴看到我们的帆船能够在航道上停泊。因此，我们用更大的箱子重新装好书之后，再次上岸。

然后，我们沿着一条铺装道路往前走，又发现几座小庙，最后来到几块大岩石旁，发现石头上用大字刻着许多碑文。其中一篇写道：中国是有圣人的！发掘出来的文物都是小型镀金神像和一些碑刻。我们突然看见一座更大的庙宇，屋顶覆盖着黄色的瓦片，我们由此断定它是皇家寺庙。庙内的人工池塘上有一座雅致的小桥，通往一片铺满碎石的宽阔区域。尽管这里的大型建筑与其他地方的建筑结构相同，但可以明显看出这里的建筑品位更加高级，用料更加考究。这里的神像与其他寺庙一样，但香客数量远远超过其他寺院，这确实是我见过的最大的寺庙。大厅摆放着各种用于祭拜佛像的金箔，展现了许多中国艺术的样本。

这些巨大的神像由泥土做成，外表镀金。庙里有许多大鼓和大钟。我们出席了僧侣们的晚祷，他们用巴利语吟诵经文，类似于天主教的拉丁语祷告。他们手里拿着念珠，双手合拢悬在胸前。一人手持小钟，通过敲击它来控制诵经的节奏。同一个词语要重复上百遍。没有一个主礼人对这种仪式表现出兴趣，因为在其他人诵经的时候，有人在东张西望，还有人在嬉笑打闹。个别在场的僧人没有参与诵经，只是盯着我们看，似乎一点儿也没有感受到仪式的庄重。大厅里一片昏暗，尽管我们站在最大的佛陀像面前，也没有留下任何印象。虽然清政府有时将佛经列为危险的信条，但是我们在公告中还是看到了劝说人们修缮寺庙的内容，以便祈求上苍来年风调雨顺，而且这些劝说的公文是皇帝亲自颁布的。这是多么的自相矛盾啊！

这座庙始建于一千多年前的梁朝（约公元550

年），至今历经多次翻修，受到了前朝和当朝皇家的资助。修建这座寺庙是为了颂扬仁慈女神的光辉事迹，据说菩萨曾显身此地。岛上共有两座大庙，六座小庙，都是同一种建筑风格。在所有神像中，观音像处于最为显眼的位置。有人告诉我们，在这个不超过 12 平方英里（这似乎就是此地的公认面积）的地方住着 2000 名僧侣。女人不得在岛上居住，俗人也不能住在岛上，除非他们为僧人提供服务。对每一个来到这里的人来说，这座岛第一眼看上去就像是仙境，眼前的一切都是那么浪漫：坚固的花岗石上雕刻着巨幅的碑文，四面八方坐落着许多寺庙，山峰、裂缝、分离的岩石构成如画的美景，还有一座我见过最大的宏伟陵园，里面埋葬着成千上万僧人的骨灰。这一切都令我们难以想象。

英国的船只在 18 世纪偶尔会到访这里，但欧洲的航海家从来都没有准确地了解过这片地区。因此，在情况允许的范围内，我们冒险考察了这里。舟山岛上有高耸的山丘和壮丽的山谷，山谷间土地肥沃，部分属于冲积地。岛上大约有一百万人口。除了沿岸的几个地方，我们还游览了一个名叫沈家门（Sin-kea-mun）的渔村。这里有一个海港可以遮挡来自四面八方的强风。

我们在象山（Seang-shan）沿岸停留相当长的时间之后，于4月1日抵达位于北纬29度2分的石浦（Shih-poo）。我几乎无法对这个地方做出公正的评价，因为它位于一个盆地的底部，拥有世界上最好的港口之一。截至目前，天气一直非常恶劣，气候寒冷，浓雾弥漫。我们已经好几周没有见过太阳了，即便是三月份，在这个纬度下，暴风雨依然很常见。但现在春天已经临近，麦田等待吐穗，桃花在空气中飘香。在这样的季节里，漫步在这样的美景之下，才是真正的享受。官员现在已经不再妨碍我们，他们可能再也不会干涉我们的活动了。他们阻止我们与当地人交往的行动毫无成效，结果他们越费尽心力想要达成目的，我们就获益越多，当地人也越情愿接纳我们。

我们在福建海岸逗留了一段时间。这里物资普遍匮乏。在大多数地方，人们以红薯为食，住在干燥的陆地上。由于台湾的动乱，阻碍了运粮船将日常的粮食供给从台湾运抵福建，一些穷苦的农民只能以绿色的麦穗为食，像大米一样将其烤熟或者煮熟。这种贫乏的状态会导致海盗猖獗，拦路抢劫事件频发。我们在一个海盗村停留了一段时间，但是没有受伤。福建人经受了各种苦难，但他们千百年来一直奋发图强，全身心投入沿海贸易。

在这次行程中，我们还探察了厦门海港以北的金门岛（Kin-mun）。这里堆砌着大量的岩石，就像人为的一样。岛上十分贫瘠，但居民至少有5万人，都是有进取心的商人和水手。我们发现了几个非常重要的地方，迄今为止都不为欧洲人所知，除了耶稣会士，没有任何欧洲人去过。我无意出示任何地图，也不想逐一列举。

经历六个月零九天的航行之后，我们于4月29日抵达澳门附近的外伶仃岛（Lintin）。

译后记

　　在 19 世纪初来华的基督新教传教士中，郭实猎（Karl Freidrich August Gützlaff，1803—1851）是一位举足轻重而饱受争议的人物。作为传教士，他将《圣经》翻译成多种语言，创办中国最早的内地传教会福汉会；作为汉学家，他主编中国境内第一份中文期刊《东西洋考每月统计传》；作为旅行家，他的足迹遍布东南亚各国，并成为自清廷禁教以来首位以个人身份进入中国内陆城市的西方人。与此同时，郭实猎不仅接受鸦片商人的资助，全面介入中国东南沿海的鸦片走私活动，并且在第一次鸦片战争期间为英军充当翻译和向导，成为帝国主义侵略行径的重要参与者。

　　1831 年至 1833 年，郭实猎先后三次搭乘商船沿着中国海岸航行，并将旅途见闻以日记形式记录，后经由大英图书馆整理出版。郭实猎的第一次航行始于暹罗，终于我国澳门。他在航行日记中首先以大量篇幅介绍暹罗、老挝、缅甸和交趾支那等地的风土人情，涉及这些国家不同民族的历史文化和宗教信仰等内容。由于日记体裁所限，作者对于当时的人名地名均采用英语音译，且一笔带过，这对于不通东南亚语的译者来说是个不小的挑战。所幸借助于译者所在院校的东南亚语学科优势，集多位同仁之力才将其中部分词语考证并译出。由于记载模糊且资料有限，少数注解未免有所疏漏。此外，对译者最大的考验来自书中出现的大量沿海地理名词。郭实猎在书中记载的航行活动距今近两百年，清朝所设的行政区划早已废除，中国沿海许多城镇的面貌也都改天换地，要想准确还原作者当年的旅行路径，就必须将古今地图和各种地方史志进行多重比对，并熟练掌握传教士所用拼音的拼写规则（在正文做了保留），以此来确定作者所到过的每一处具体位置，这项工作毋宁说是一次对中国东南沿海的"历史地理大考证"。但译者毕竟功力不逮，许多注释难免存在牵强之处，还请方家不吝赐教。

在翻译本书的过程中，承蒙许多人的指导、勉励和帮助。付梓之际，本书所有译者向他们致以由衷的谢意。中央编译出版社的编辑老师多次询问翻译事宜并积极反馈审稿进度。若没有上述诸位的帮助，本书翻译不会如此顺利，在此一并致以感谢！

译者

2023 年 6 月 19 日